Il n'est jamais trop tard pour éclore

CATHERINE TARET

Il n'est jamais trop tard pour éclore

Carnet d'une late bloomer

J'AI LU

(To) bloom

Fleurir, s'épanouir, être fleurissant.
Atteindre un état de pleine beauté, santé et vigueur.

Late

Tard, retard.
Advient ou se produit après le temps habituel ou convenable.
Advient à un stade avancé dans la vie.

Late bloomer

Expression en anglais qui veut littéralement dire « plante à floraison tardive », couramment utilisée pour décrire les gens qui se révèlent, qui fleurissent plus tard. Un enfant qui parle ou qui se met à marcher plus tard que les autres. Un adulte qui trouve sa voie, l'amour, le succès, la reconnaissance plus tard dans la vie.

Ce livre est dédié
à tous ceux qui se sentent fanés,
alors qu'ils n'ont pas encore fleuri.

Le temps

Quand j'étais enfant, à l'école, j'ai appris par cœur un poème de Ronsard qui s'appelle « À Cassandre ». Il commence ainsi : « Mignonne, allons voir si la rose... » et nous parle d'une fleur dont le temps a fané la beauté. Il nous exhorte à profiter de notre jeunesse avant que l'âge n'emporte ladite beauté et, CQFD, n'aspire, par la même occasion, toute la saveur de la vie. Le poème date de 1545.

Depuis 1545, il s'est passé des tas de choses.

Les révolutions, les avions, les vaccins, le féminisme, le rock, Internet. La vie s'est étirée, les opportunités se sont démultipliées, on s'est quand même un peu détendu. On ne se marie plus à la puberté et on sévit bien plus longtemps. Pourtant, il me semble que l'on vit toujours, et même plus que jamais, au rythme du cycle que Ronsard expliquait à Cassandre, tous les accomplissements d'une vie, le pic de sa floraison, les fruits de son existence atteints si possible en un clin d'œil, la première ride à peine creusée. Et à quoi donc sert le reste de la saison ?

Ça met beaucoup la pression, cette question du temps. C'est en filigrane de tout ce qu'on fait, tout ce qu'on lit. On appelle ça le culte de la jeunesse, on parle des étapes de la vie. On entend les vieux dire « de mon temps », comme si l'époque où ils vivent pourtant en chair, en os et en bonne santé ne leur appartenait pas et qu'ils avaient rendu les armes au passé. On voit les jeunes se mettre en quatre pour connaître la gloire en instantané, via des applis ou grâce à la téléréalité ; comme ça, ouf, ça, c'est fait.

Notre idée de la vie a d'ailleurs inspiré le cycle du produit, qu'on a modélisé en économie. Un genre de courbe empotée. Lancement, croissance, maturité, déclin. Aïe. Même les histoires au cinéma sont construites comme ça – un début, un pic et une chute. C'est plus fort que nous, on est câblé.

Et tout comme Ronsard le préconisait, pour faire face à cette logique implacable et pas vraiment réjouissante, on se récite du *Carpe Diem* à longueur de journée. Désormais, ça s'appelle le moment présent, et il faut, comme avant, veiller à le saisir, le capter, l'empailler.

Pourtant, certains passent miraculeusement au travers des mailles du filet. Ils prennent leur temps et ils en font ce que bon leur semble. Ils n'ont pas fait fortune à 25 ans, ils ne sont pas mariés à 30 ans, ils n'ont pas encore d'enfants à 40 ans, ils trouvent l'amour à 50 ans et se mettent au sport à 60. Ils écrivent leur premier roman à 70, reprennent la clope à 80 et font une pub à 95 ans.

Ces énergumènes, on adore leurs histoires. C'est toujours un oncle original, un artiste ou quelqu'un d'un peu barré. Il y a plein de films et d'épopées au sujet des gens comme ça. En anglais, il existe une expression végétale pour les décrire, inspirée des plantes de fin de saison : *late bloomers*. Il s'agit des personnes qui éclosent plus tard dans la vie.

Comment devient-on late bloomer ?

Je me suis renseignée. Il y a, dans le monde, peu de données sur les late bloomers. Sujet niche. J'ai tout de même dégoté un livre informé, écrit en 1998 par Brendan Gill, un journaliste du *New Yorker*. C'est une série de portraits : « 75 personnes remarquables qui ont rencontré la gloire, le succès et la joie dans la seconde partie de leur vie. » Comment cet expert ès late bloomers les décrit-il ? *« They are people who at whatever cost and under whatever circumstances have succeeded in finding themselves. »* Ce sont des gens qui ont réussi à se trouver, quels qu'en soient le prix et les circonstances. J'ai décidé de prendre ce livre comme terrain d'études pour enquêter.

Première chose à noter, il n'y a pas de traduction de late bloomer en français. Si l'on cherche, on se trouve vite à dire : « cette personne a pris du retard », « cette personne est en retard », « elle fait les choses sur le tard ».

Je suis franco-américaine, donc forcément, ça m'a intriguée. Selon moi, l'expression late bloomer est symptomatique de la culture anglo-saxonne. Pour les

Américains, il paraît évident que chaque individu est sur un chemin de vie qui lui est propre. Pour atteindre le rêve américain, il y a toutes sortes de routes, d'allées, de virages et d'impasses. La poésie de cette expression traduit donc l'optimisme, l'élan, la capacité et la nécessité de réinvention inhérente à cette culture.

En France, en revanche, il est moins aisé de bifurquer et d'emprunter un chemin de vie différent. Les Français aiment que l'avenue soit bien droite et paysagée, si possible agrémentée de bons vins, de bons livres et de bons amants, et on n'est pas habitué à l'idée de se retrouver en retard ou en décalé. En général, on perd le nord et tous nos moyens. Elle est beaucoup plus sévère, en France, la loi des opportunités manquées.

Deuxième constat, des tas de bonnes raisons expliquent que l'on se retrouve dans la vie à devoir gérer le temps différemment de la norme. Si on essaie de faire une synthèse des portraits réalisés par Brendan Gill, on constate que plusieurs forces sont à l'œuvre.

Liste non exhaustive des raisons pour lesquelles on peut se retrouver dans la vie à s'épanouir plus tard

On peut se révéler sur le tard car on est, pendant une grande partie de sa vie, accaparé par des contingences matérielles ou prisonnier de son arbre généalogique : il faut nourrir ses proches ou gérer l'entreprise familiale. On peut aussi être trop occupé à réaliser, consciemment ou non, les rêves de quelqu'un d'autre.

Dans la même veine, on a les late bloomers qui se retrouvent coincés dans des relations bloquantes. Ce serait le cas pour quelques princes d'Angleterre, notamment Édouard VII. Il eut la malchance de succéder à sa mère, la reine Victoria, qui régna soixante-quatre ans et le tint écarté du pouvoir tout ce temps. Édouard eut droit à la couronne pendant neuf ans seulement.

On peut aussi être découvert tard, même si on travaille depuis toujours d'arrache-pied sur son projet. Ces late bloomers-là sont intéressants. Pour eux, aucun doute sur leur vocation, c'est plutôt une question de circonstances. Gill cite Paul Cézanne qui trima toute sa vie pour être découvert et ne connut la gloire que dans ses vieux jours, en peignant la montagne Sainte-Victoire. Dans cette catégorie, on trouve une pléiade de personnalités. George Clooney, Jon Hamm, Samuel L. Jackson, Vera Wang ou l'actrice anglaise Judi Dench – élevée au rang de Dame de l'Empire britannique à 54 ans pour son travail au théâtre – qui explose dans James Bond à 60 ans et se fait tatouer à 81 ans.

Tout peut aussi basculer plus tard grâce à une envie. J'aime particulièrement le travail et l'histoire de Gilbert Garcin, vendeur de luminaires à Marseille, qui se met à la photographie à la retraite. Il s'inscrit à un stage aux Rencontres de la photographie à Arles. Il y pratique le photomontage en noir et blanc et débute un travail où il se met en scène, avec sa femme aussi parfois. Il a 69 ans lors de sa première exposition. Il a récemment publié un livre au nom prophétique, *Faire de son mieux*.

Malcolm Gladwell, dans son livre *Outliers*, évoque les 10 000 heures de travail nécessaires pour exceller dans n'importe quel domaine. Pas gagné, sauf si l'on s'y met gamin comme Bill Gates, qui eut la chance d'avoir accès à un ordinateur dès l'âge de 13 ans, du temps où la machine était encore rare. À 20 ans, quand il abandonne Harvard et lance son business, il a mis plus de 10 000 heures de programmation dans la vue à sa génération. Bill Gates n'est clairement pas un late bloomer.

Dans certaines professions, par définition, on ne peut se déployer qu'après une bonne vingtaine d'années. C'est le temps incompressible des architectes, par exemple, pour atteindre les sommets. Gill explique : « *Architecture is well known to be a profession favorable to the old. In it, to be a late bloomer is not to be late at all ; one is right on time.* » L'architecture est bien connue pour être une profession favorable aux anciens. Être un late bloomer dans cette discipline n'est pas être en retard, c'est être dans les temps.

On trouve aussi des personnes qui ne se doutaient pas de leur destinée, et qui se révèlent à elles-mêmes, et aux autres, lors de circonstances exceptionnelles. Brendan Gill décrit le cas du pape Jean XXIII, élu à l'âge de 77 ans par des cardinaux qui pensaient être tranquilles. Que nenni, Jean XXIII s'avéra être l'un des papes les plus actifs et réformateurs de l'Église catholique. Il rédigea une encyclique en faveur de réformes sociales et réunit en 1962 le concile Vatican 2 qui bouscula la liturgie, appelant à un mouvement œcuménique jamais vu auparavant.

Le bon timing. *Timing is everything*. L'exemple choisi par Gill est une de mes late bloomers préférées,

Julia Child, qui fut la pionnière des émissions culinaires à la télévision américaine dans les années 1960. Épouse de diplomate en poste en France, elle a eu une révélation à 34 ans, en dégustant son premier repas français, à La Couronne, à Rouen – des huîtres, une sole meunière et une bouteille de pouilly-fumé. Elle n'avait jamais cuisiné avant. Elle s'est mis en tête d'apprendre, puis d'expliquer la cuisine française aux Américains. Personne n'aurait pu prévoir sa destinée, puisqu'elle était faite pour quelque chose qui n'existait même pas au moment où elle est née.

Et enfin, sont late bloomers tous ceux qui éclosent après s'être compris ou libérés. Gill cite Montaigne et la rédaction de ses *Essais* à l'âge avancé pour l'époque de 40 ans. Il évoque aussi les artistes, comme Louise Bourgeois, dont les sculptures et la liberté ont grandi avec les années.

Il y a mille autres raisons, sans doute autant que d'individus concernés. C'est souvent une concordance de facteurs. Ce que j'aime chez Brendan Gill, c'est qu'il évoque souvent le *life's work,* le travail d'une vie, comme si à ses yeux, chaque vie produisait quelque chose. Dans tous les cas, il y a toujours un élément déclencheur, un jour qui fait que le destin, le sens de l'existence se révèle à nous : « *The moment in time at which we discover, whether through an event dictated by forces outside ourselves or by a seemingly spontaneous personal insight, some worthy means of fulfilling ourselves.* » Le moment où l'on découvre, à travers un événement dicté par des forces extérieures à soi ou par une prise de conscience personnelle qui paraît spontanée, une façon valable de se réaliser.

L'idée est fraîche, poétique, amusante. Pour autant, quand ça vous arrive, c'est beaucoup moins sympa. Je sais de quoi je parle, ça m'est arrivé.

Moi

Pourtant, si je m'en tiens purement aux faits, j'ai encore du mal à me faire à l'idée que je suis une late bloomer.

J'ai traversé l'Atlantique à l'âge de 4 mois.
J'ai marché à 1 an.
Je parlais à 2 ans.
Mon père m'a appris à lire à 3 ans.
J'ai commencé à tenir un journal à 7 ans.
J'ai sauté le CP.
J'étais en couple à 19 ans.
À 23 ans, j'étais diplômée de Sciences Po et HEC.
À 29 ans, je lançais mon business.

J'étais au taquet, j'étais rapide, j'étais même à deux doigts d'être précoce.

Puis la trentaine a tout changé. Je suis allée à 15 mariages, dont aucun n'était le mien. J'ai acheté 32 cadeaux de naissance pour des bébés, dont aucun n'était le mien. J'ai travaillé sur des tas de projets créatifs et aucun n'était le mien. J'avais perdu mon élan.

C'était l'âge d'or des start-up et tout le monde avait un concept, un projet. À l'époque, j'écrivais des articles pour le site My Little Paris et sa fondatrice, Fany, nous avait confié le secret de la réussite sur le web : « Quand tu as une idée, dix jours plus tard, elle doit être en ligne. » Je n'ai jamais osé poser la question quand je travaillais là-bas, mais je ne pouvais m'empêcher de penser : est-ce que quelque chose de terrible va se produire si on dépasse le délai ?

J'avais bien une idée à laquelle je croyais (déjà) à l'époque, je voulais écrire un livre et créer un blog autour de l'idée que la vie est longue. J'ai commencé à y réfléchir, à vraiment y réfléchir, à vraiment vraiment y réfléchir, quand, tout à coup, les dix jours furent dépassés.

Et là, j'ai compris ce qui arrive quand on flingue le délai.

Culpabilité, stress, anxiété, dépression.

Je ne suis pas dans l'action.
Je n'ai pas ce qu'il faut pour réussir dans cette époque créative.
Quelqu'un va le faire mieux que moi.
De toute façon, ça n'intéresse personne.
Et puis il faut avoir un blog pour écrire un livre.
Et il faut avoir écrit un livre pour que les gens suivent votre blog.
Je m'ennuie.
Tous les mecs bien sont pris.
Je vais être seule toute ma vie.

Il est trop tard.
The end.

Aïe encore. Ce livre est semé d'embûches, il faut le savoir. Heureusement que toutes les bonnes choses ont un début. Ce fut donc le début de ma quête pour retrouver mon élan perdu. Et plus que ça. L'amorce d'une aventure pour reprendre mon rapport au temps, à toutes les instances qui me l'avaient chipé : l'éducation, la biologie, les autres, la société ; pour le préserver, l'apprivoiser et en faire ce que moi je voulais. *« How we spend our days is, of course, how we spend our lives »*, écrit la romancière américaine Annie Dillard qui a empoché le prix Pulitzer de l'essai l'année de ma naissance. On occupe nos journées, bien sûr, comme on occupe nos vies. Le temps, mon temps, n'est rien d'autre que ma vie, la vie. Et il est à moi seule. À moi. Seule.

Donc après m'être lamentée sur mon sort un certain temps, je me suis retroussé les manches et j'ai décidé de déboulonner une à une les vieilles croyances et les idoles qui m'empêchaient de m'élancer, et de les renverser comme des statues de Lénine après la chute du Mur. Jusqu'au jour où, miracle, j'ai compris, grâce à une astrologue, Rosine, que moi aussi j'étais de ces énergumènes. Une late bloomer. Ça a changé le monde, à mes yeux en tout cas. Et puis ma vie aussi.

C'est cette tranche de temps que je vais vous raconter. Chaque chapitre décline un thème, que j'ai bravé de près pendant une année, pour finir par le terrasser. Entre les chapitres, il y a une pause musicale ou artistique, parce qu'il faut bien respirer. Et puis je trouve que, souvent, une chanson ou une photo valent plus que mes mots.

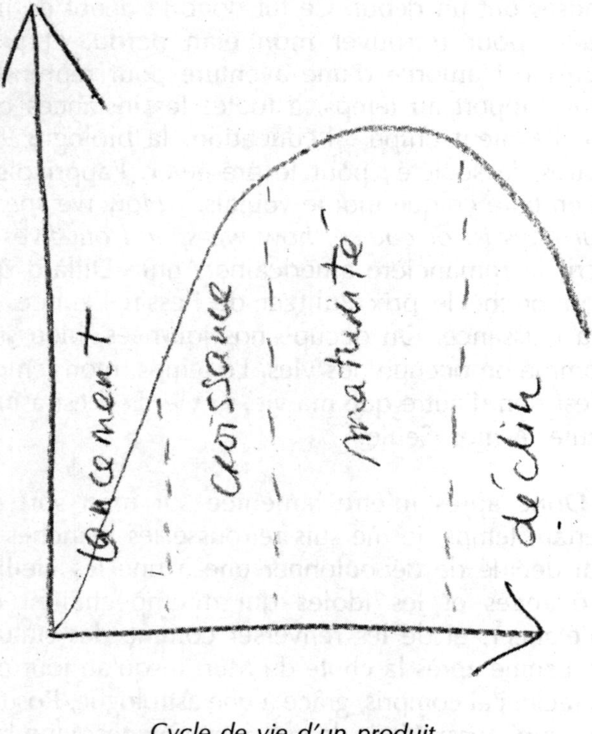

Cycle de vie d'un produit

La première idée que j'ai voulu enterrer, n'en déplaise à Ronsard, est celle du cycle désespérant de la vie. Pour rester dans le domaine de la poésie, j'ai fait appel à la numérologie. Cette discipline millénaire extrêmement ponctuelle considère que la vie est une succession de cycles de neuf années. On recommencerait donc à zéro tous les neuf ans, à partir du socle formé de tout ce qu'on a pu construire auparavant. Sympa. Chaque année d'un cycle a une signification et chaque individu a son cycle propre, qu'il peut calculer avec sa date de naissance. Mon récit commence à l'âge de 30 ans. J'étais dans ma huitième année personnelle. Quasiment à la fin d'un cycle et pas loin d'un nouveau départ, en théorie.

Moi

Nothing Else Matters
Metallica

Never opened myself this way
Life is ours, we live it our way
All these words I don't just say
And nothing else matters

Trust I seek and I find in you
Every day for us something new
Open mind for a different view
And nothing else matters

Sommaire

L'aventure intérieure
Cerveau d'œufs brouillés
Les mains dans la glaise
La ferme, vieille peau
Défricher sa nature
Le Volcan, le Lion et le P-DG
Il est temps
Le maître-nageur
Révélation végétale
Les murs invisibles
Son vrai visage

L'aventure intérieure

Numérologie : *Année personnelle 8*
Construction, concret, élévation,
récolter ce qu'on a semé, vie matérielle, argent

Le Petit Poucet

Il y a quelques années, j'ai chiné dans une brocante de la rue Marcadet à Paris une série de mini-contes. Mon préféré, c'est *Le Petit Poucet.* Celui qui trouve son chemin et sa voie en affrontant un ogre et une forêt. Costaud, mais petit. Il est le dernier après six frères. Il parle peu, mais écoute beaucoup. Il est rusé. La première fois qu'il se perd, il retrouve les cailloux qu'il a semés dans les bois et qui le ramènent, ainsi que ses frères, chez ses parents. À la case départ. La seconde fois, les oiseaux ont mangé les miettes de pain qu'il a laissées et il est obligé d'imaginer d'autres solutions. Plongée dans la forêt et dans son inconscient – j'ai appris que l'inconscient, c'est souvent la forêt dans les contes de fées. Il se découvre donc des ressources insoupçonnées et finit par duper l'ogre qui voulait tous les manger, lui chiper ses bottes de sept lieues, se libérer et assouvir sa destinée. À la fin du conte, le Petit Poucet devient carrément le messager du roi et peut ainsi subvenir aux besoins de sa famille. Les interprétations du conte le décrivent comme la métaphore d'un voyage initiatique.

La vie des late bloomers est très similaire finalement. Mais oui, un vrai conte de fées ! C'est aussi un voyage, à devoir se trouver, à tâtonner, à prendre des directions sans savoir et arriver au bon endroit, espérons. À se libérer et assouvir sa destinée.

Faire sa vie

Faire sa vie. Trouver sa place. Le Graal pour nombre de late bloomers. Après, à chacun sa définition. Pour certains, c'est faire carrière, faire des projets, faire le Kilimandjaro, faire l'amour ou faire le beau. Pour d'autres, c'est moins limpide, on sait qu'il faut faire quelque chose à la fin, mais quoi, on n'en sait rien !

Perso, je n'ai jamais eu de vision claire, mais le sentiment étrange que tout allait se dérouler à l'envers. Je me disais toujours que je serais belle quand je serais vieille. Comme Lauren Hutton ou Vanessa Redgrave. Et que j'aurais un enfant tard. J'ai même fait ce rêve une nuit. *L'Aventure intérieure,* le film de Joe Dante, vous connaissez ? Un scientifique est miniaturisé pour être injecté dans un lapin, mais il atterrit dans le corps de sa petite amie. Meg Ryan, 1987. Là, il tombe nez à nez avec le bébé qu'elle attend sans le lui avoir dit. Le bébé est immense, avec des grands yeux, et lui est tout petit. Dans mon rêve, c'était moi en miniature et le bébé me regardait, l'air de dire : « Bon, c'est moi qui t'attendrai. »

Pourtant, j'ai fait mes débuts à l'endroit, dans une douce harmonie. Je me suis laissé porter. J'ai grandi dans la forêt, entourée par une belle famille et des tas d'animaux. Puis j'ai gentiment trouvé un job dans une grande société et naturellement trouvé un amoureux dans la ville où j'étais née. Tout cela avec la bénédiction du monde entier. Rien n'a vraiment semé la zizanie. Ni crise d'adolescence ni vingtaine fracassante. Zéro questionnement existentiel. J'aurais dû me méfier. La trentaine arrivant, j'ai trinqué.

Défaire sa vie

On pense que les late bloomers sont en retard. Mais enfin, avec tout ce qu'ils ont à faire, c'est bien normal que ça leur prenne du temps ! Parce que, pour faire leur vie, ils commencent très souvent par la défaire.

Moi, j'ai commencé par quitter abruptement mon grand amour de jeunesse, aprés sept années à s'aimer. Et lui se rabibocha, non moins abruptement, avec une autre. Aïe. Un peu secoué quand même, le fleuve reprit son cours. Ma sœur Caroline a une théorie à ce sujet. Elle s'insurge souvent contre les couples qui restent ensemble sans raison. Pour elle, ils perturbent le fonctionnement de l'univers. Il y a quelque part, ailleurs, deux autres personnes qui les attendent pour les aimer et qui restent en rade. Elle pense sincèrement que si certains sont seuls, c'est que leur moitié est retenue en otage dans une relation bidon.

Puis, dans ma lancée, j'ai rompu une carrière prometteuse de manager dans la grande consommation. Après sept ans aussi. Décidément. Ça s'est passé un jour dans un escalier. Je remontais du bureau des ressources humaines. Là, on m'avait confié une nouvelle mission : imaginer les thés glacés du futur. Merci bien. C'est au milieu de l'escalier que ça m'a frappée : je ne pouvais pas passer une minute de plus entre ces murs. J'ai démissionné et accepté un job dans un cabinet de conseil en innovation. Là ce n'était pas seulement le devenir des thés, mais l'avenir des liquides vaisselle, des soupes et des déodorants qu'il fallait inventer. Au bout d'une semaine dans ce nouveau boulot, j'ai su que ça ne le ferait pas. J'ai rendu mon tablier un soir de bouclage du nouveau positionnement du beurre Président. Et je suis partie pour faire carrément autre chose. Quoi ? Euh, ben, on verra.

Évidemment, si vous me le demandez, tout n'est pas à jeter. Juste la vieille version de soi devenue obsolète pour rebooter. C'est naturel, viscéral : les choses qu'on doit lâcher, on le sent, celles qui nous ont accompagné, nous ont grandi, élevé. Des relations, des objets, des lieux, des croyances, des situations, qui ont rempli leur fonction et qui doivent eux-mêmes évoluer. On doit s'en séparer. Si on est sage, ce qu'on est rarement, on pourrait même les remercier de ce qu'elles nous ont apporté. Merci bien. Et accueillir ce qui doit arriver.

Le premier jour

Un petit matin après le reboot. Attablée devant une noisette et un carnet, je regarde les autres vaquer à leurs occupations. Dans les rues de Paris à l'aurore, il y a de tous les mondes. Ils rangent après la nuit, montent le rideau pour la journée, ou descendent prendre le métro. Et moi, je n'ai rien d'autre à faire que me poser. Et me demander si la rue va m'accepter, si elle va m'aimer.

Y a les anxieux, les vivants, les habitués, les hagards, la rue est comme un bar au grand jour, les pressés, ceux qui ont déjà une vie. Est-ce que je saurai me fondre dans le paysage ? J'ai toujours été attirée par la rue, par l'interminable dédale, peut-être parce que c'est comme ça que je vois la vie ? Un dédale et une surprise, une opportunité. En tout cas, la première chose que j'ai voulue ce matin-là, c'est vivre la rue, l'observer, la soupeser, la tester, voir si j'étais capable de m'y affronter, de la séduire, de la flatter, la mettre dans ma poche. M'y sentir bien, non en marchant et en fuyant, mais assis, face à face, à nu, à l'observer. Est-ce qu'elle va m'accepter ? Est-ce qu'elle va m'aimer ?

La décision et la déception

Je ne dis pas que c'est facile, attention. Il y a quand même deux cerbères plantés devant la porte de la réinvention. D'abord, ces satanées décisions. À l'époque, ce n'était pas mon fort. J'étais « indécise ». C'est ainsi que me considéraient les gens, parfois avec affection, souvent avec une pointe d'agacement. Dès qu'il s'agissait de décider sur-le-champ, je paniquais. J'ai frôlé mille fois l'incident diplomatique avec ma famille, mais je n'ai miraculeusement jamais atteint les limites de mes parents, de mon frère et de ma sœur. Il faut dire que je m'étais retrouvée, vilain petit canard, dans un vrai nid de décideurs et leur facilité à trancher avait le don de me faire trembler. Vite on va commander la pizza et je n'ai pas choisi, vite on me demande si je serai là dimanche pour le déjeuner et je ne sais pas, c'est dans cinq jours, c'est loin. Tremblement diplomatique.

Une fois qu'on a, péniblement pour ma part, pris une décision, on doit affronter l'autre cerbère : la liste des personnes que l'on va décevoir. On ne peut pas y couper. Ils seront déçus par nos choix, tout comme nous serons, un jour, à notre tour, déçus par les choix de ceux sur lesquels on a misé gros. La liste de la déception commence généralement par soi-même. Bam. Et puis il y a souvent un ou plusieurs membres de sa famille, des amoureux ou des amants, des profs, des patrons, des mentors et des amis. Pas de panique, tout le monde finit par s'en remettre.

« Gloups. » Réaction légitime de mon port d'attache face à ma démission. « Et tu as prévu la suite ? » Pour mes parents, me savoir travaillant dans cette boîte, c'était rassurant. Et je ne suis pas dupe, ça l'était pour moi aussi. Qui étais-je, si je n'étais plus la fille qui réussit brillamment ses études et fait carrière ? Qui suis-je, si je ne suis pas cela ? Je leur ai annoncé un dimanche au déjeuner. Ce jour-là, je crois que j'ai enfin touché leurs limites. Bizarrement, c'est aussi cet épisode qui m'a guérie de mon indécision. Devant leurs mines alarmées, pour leur éviter de s'inquiéter, j'ai bien failli rembobiner, retirer ce que j'avais décidé et finir paisiblement le déjeuner. Et puis non. Vous verrez, on s'en remet.

Heureusement pour les late bloomers, il n'y a pas de temps perdu. Mon passage éclair chez les consultants m'avait permis de rencontrer un personnage essentiel du récit, Anne, une amie qui m'offrit par la suite une filleule et un super conseil : « Si tu veux que ta vie change, il faut changer quelque chose à ta vie. »

L'Amoureux

Mais mollo ! Un autre gros morceau que j'ai appris sur le tas, c'est qu'une fois qu'on a défait sa vie, il ne faut en aucun cas se précipiter. Le vide qu'on a créé, il faut le laisser respirer. Laisser tranquillement la nouvelle version de soi émerger, se déployer dans la douceur et le silence. Et éviter si possible d'emménager au bout de quelques mois avec son nouvel amoureux, en s'engageant dare-dare dans une nouvelle vie pour laquelle on n'est pas complètement prêt. Sinon, le risque, c'est le retour à la case départ et de devoir tout re-détricoter.

Facile à dire maintenant, mais vous ne connaissez pas l'Amoureux. Je vois mal comment j'aurais pu ne pas succomber. Il est le genre de personne qui donne vie aux rêves, même les plus petits. Qui sait que chaque fois que je descends d'un train ou d'un avion, j'imagine que quelqu'un est là à m'attendre. Et qui, du coup, prend un peu d'avance sur moi à la sortie pour se poster de l'autre côté de la barrière, avec les familles et les taxis, et ouvrir les bras en grand pour faire semblant de m'accueillir. Un homme plein de joie. Un cœur beau et déterminé. Un rugbyman face à un challenge – passer la ligne qui paraît infranchissable.

C'était un amour tout frais, tout fragile. Sur lequel est venu s'écrabouiller le poids d'une décision bassement immobilière. Des études ont prouvé qu'il est stressant de changer d'intérieur. Le lieu où l'on vit est un reflet de ce que l'on vit. Chez nous, c'est nous. À l'époque où j'ai rencontré l'Amoureux, je récupérais tout juste les clés de mon premier appartement en solo. Il était un peu mal fichu, mais tout clair et tout blanc, comme une page à écrire, et rien qu'à moi. Je l'imaginais comme un espace de liberté, où j'allais pouvoir faire ce que bon me semblait et découvrir un peu mieux qui j'étais.

Faire sa vie… ensemble. Fichtre ça complique encore plus le sujet. Dans mon élan avec l'Amoureux, je me suis vite retrouvée déchirée face à mes loyautés. Celle à notre relation qui poussait et qui avait besoin d'un espace à elle pour s'épanouir et avancer – un appartement. Et celle à ce petit monde intime et fragile que je pensais construire et préserver en ayant mon espace à moi. Lui, moi, la relation, tout a fini par se cristalliser en une décision : l'emménagement. Je précise que j'ignorais à l'époque qu'on pouvait faire autrement, qu'il y en avait qui s'aimaient sans partager ni leur duvet ni leurs clés, et tout va bien, merci. Et aussi des tas de gens, je le sais maintenant, qui s'aiment et prennent leur temps.

L'appartement

Mon amie Anne est intervenue à ce moment-là. Elle a dû sentir que, l'Amoureux et moi, on avait du mal à se comprendre. Ou elle a voulu nous offrir un cours accéléré de connaissance de soi, pour qu'on évite cette collision annoncée. Puisqu'elle se formait pour devenir coach, elle nous a proposé d'être ses cobayes pour un test. Ou plutôt un indicateur de personnalité, le MBTI. Le Myers Briggs Type Indicator a été créé dans les années 1960 à partir des réflexions du psychiatre Carl Jung, qui avait établi l'existence de types psychologiques. Éclairant. Cet après-midi-là, j'en ai appris un rayon sur moi. Je suis INFP. Je résume : j'ai besoin d'être seule souvent ; je me souviens de mes impressions, mais jamais de comment les gens sont habillés ; j'écoute mon cœur, pas mon cerveau, pour décider ; et je n'aime pas du tout que des portes se ferment.

S'il est fascinant pour se connaître soi-même, le MBTI est un outil extra pour comprendre, voire améliorer ses relations aux autres. Il permet d'éclairer et de voir, au sein d'un groupe ou d'un couple, les différences sous un tout autre jour. L'Amoureux et moi avions les profils exactement inverses. Balèze. Il était extraverti là où j'étais introvertie. Il prenait plutôt appui sur sa logique quand je brandissais mes sentiments. Il était extrêmement observateur quand je n'écoutais que mon ressenti. Mais le pompon, c'était la prise de décision. Lui se sentait à l'aise et rassuré quand il prévoyait les choses, et moi je me sentais bien quand je décidais à la dernière minute. Et on interprétait chacun la réaction de l'autre comme un manque d'amour (elle-ne-veut-pas-prévoir-de-choses-avec-moi-je-flippe/il-me-met-la-pression-je-me-casse). Cet indicateur nous a un peu aidés à interpréter le mini-drame de notre emménagement.

Finalement, c'est moi qui ai flippé de perdre mon homme déterminé. J'ai trouvé l'appartement, grand et défraîchi, au 5e étage. En signant la fin du bail du petit deux-pièces tout blanc auquel je renonçais pour emménager avec lui, j'en ai profité pour cocher un nom tout en haut de la liste de la déception. Le mien. Je n'étais pas déçue d'avoir choisi l'Amoureux. J'étais déçue de n'avoir pas été fidèle à mon projet. Je n'avais pas suivi la règle d'acier, qui dit qu'il faut s'assurer d'avoir bien rebooté, avant de redémarrer. L'aventure intérieure allait commencer.

Au 5e, grand et défraîchi

Cerveau d'œufs brouillés

Numérologie : *Année personnelle 9*
Faire le point, dénouements, assainir, préparer, trier, s'alléger

Œuf brouillés

De temps en temps, il y a une année qu'il faut prendre avec des pincettes. Je préfère prévenir. Cette année-là, j'ai beaucoup râlé, boudé, pleuré, haussé les yeux et les épaules. Et l'Amoureux a pris des gants. Ma frustration était à son comble. Après mes décisions fortiches, je me retrouvais sans boulot, impatiente et désœuvrée, et je n'arrivais pas à me réconcilier avec cette vie à deux précipitée.

Quand j'imagine mon cerveau à l'époque, je vois des œufs brouillés. Un endroit tout mou, sans vision, sans début et sans fin, un truc qui tourne en rond. Si je le comparais, disons, à des dents, je dirais qu'il ressemble aux nouvelles dents qui ont remplacé les dents de lait, sauf qu'elles sont en chamallow. Un cerveau d'œufs brouillés ou de dents chamallow, qui ne sait pas ce qu'il veut. Comment j'avais fait pour arriver, jusque-là, en un seul morceau cohérent demeurera certainement un mystère pour ma (douteuse) postérité.

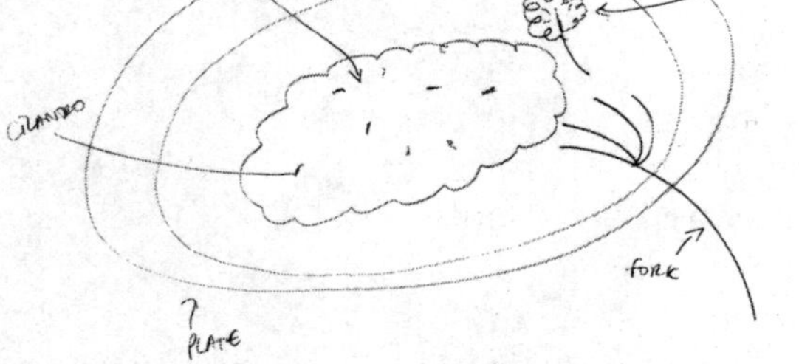

J'étais extrêmement bien placée pour noter que d'autres parvenaient à savoir ce qu'ils voulaient sans grande difficulté. J'étais par exemple aux premières loges pour observer mon amie d'enfance Claire reprendre des cours du soir pour devenir avocate, ma bande de copains se marier, avoir leurs premiers enfants, mon ancienne stagiaire Constance partir bosser à Montréal, ma sœur Caroline réaliser son rêve d'être journaliste.

Alors que, pour moi, c'était le chaos. « Je veux bien faire ma vie, mais en faire quoi ? » Pire : sans doute que, dans le fond, je savais, mais ça n'arrivait jamais à la surface. J'étais comme déconnectée de ma fréquence par des tas d'interférences. En bref, j'étais tout simplement incapable de m'écouter. La pilule était amère, surtout celle que j'avalais tous les matins pour chasser la déception que j'éprouvais. Loin d'être fortiche, j'étais démasquée.

L'écoute

Certes, il est à manier avec précaution, mais ce chapitre n'en est pas moins clé pour comprendre les late bloomers. Si on se cogne un cerveau d'œufs brouillés, si on joue les tortues avant d'arriver, c'est souvent qu'il nous faut plus de temps que les autres pour apprendre à se connaître et s'écouter. « Le lièvre, la cacophonie et la tortue » serait une variante punk sympa de la fable.

Attention, flash-back. Je suis née le 6 avril 1975 à 19 h 45 à l'hôpital de Creil, en Picardie. Cette nuit-là, les fées habituelles se réunirent autour de mon berceau et décidèrent de m'accorder trois dons pour m'en sortir dans le monde : le créneau, l'emballage des cadeaux et l'écoute. Je me suis débrouillée pour maîtriser les deux premiers rapido. Et avec le temps, je suis devenue rien moins qu'un génie de l'écoute. Je me suis rendu compte du trésor que constituait ce don et du pouvoir qu'il me donnait. Il me suffisait de m'asseoir, de me concentrer sur l'autre, de le regarder et lui poser des questions pour qu'il se sente bien. Je le voyais dans son regard, je le lisais sur son visage. Et plus encore, je pouvais faire en sorte que l'autre m'apprécie, parfois même, qu'il m'aime.

Je n'ai pas de souvenir précis du moment où j'ai perdu l'intérêt pour mes propres histoires. Je ne sais comment je me suis mis en tête que j'étais meilleure à écouter qu'à parler, ou tout au moins que les gens étaient plus intéressés par mon écoute que mes récits. Ce fut lancinant, mais à un moment, la simple idée que mon interlocuteur, au bureau ou à un dîner, ne soit pas intéressé par ce que j'étais en train de raconter, que je sois en train de perdre son attention, son soutien, me décourageait complètement, me pétrifiait. Chaque fois que je devais prendre la parole, j'entendais mon cœur tambouriner en solo par-dessus ma voix.

Alors je décidai que j'étais faite pour être à l'écoute. Et j'en pris mon parti. De toute façon, ça ne me paraissait pas crucial pour la suite, étant donné que je me destinais à être danseuse et chanteuse de comédie musicale, quand j'aurais fini d'étudier avec ma troupe d'amis imaginaires, les acteurs de *Fame*, au High School of Performing Arts à New York. Comme on le sait, la vie en a décidé autrement et j'ai atterri dans un bureau sans musique ni claquettes, ce qui m'a permis de me rendre à l'évidence, *finally*, que je n'irais pas bien loin si je n'apprenais pas à écouter la seule personne qui me serait vraiment utile pour passer les vitesses : moi.

L'aide

Travail sur soi. À quel moment décide-t-on de faire un « travail sur soi » ? Rien que le mot… Mon amie Jessica, coach de son métier, m'a récemment demandé de l'aide pour rédiger les textes de son site web. L'une des choses les plus importantes à ses yeux est de bien expliquer la démarche à ses clients potentiels – normal, on hésite avant de s'engager. Pour elle, la question à se poser avant d'entreprendre un travail sur soi est la suivante : « Aujourd'hui, qu'est-ce qui me coûterait le plus : continuer sur ma lancée ou me faire accompagner pour avancer ? »

À l'époque du cerveau d'œufs brouillés, j'avais déjà mis un pied à l'étrier grâce à Marianne. Une psychanalyste aux cheveux blond vénitien. La toute première personne qui m'écouta professionnellement. Avant Marianne, je n'avais pas d'avis sur les psys ou sur le travail sur soi en général. Je ne connaissais personne qui les fréquentait à part Woody Allen. J'ai commencé à 29 ans, avec un objectif unique : prendre les choses en main et déterminer ce que j'avais envie de faire de ma vie. En rémunérant quelqu'un pour le faire, je lui demandais en réalité de m'apprendre à m'écouter. Quelques mois après la recommandation d'une amie, j'ai rassemblé tout mon courage et j'ai pris rendez-vous.

Je me suis fondue dans le divan et la douce sagesse de Marianne avec une facilité déconcertante. J'avais le sentiment qu'elle prenait soin de moi, elle s'intéressait, elle me posait des questions et se rappelait de tout ce que je lui confiais. Elle me suggérait des livres et me photocopiait des articles. La pièce était jaune d'œuf. Marianne était belle et gentille. Transfert total. Je pense que la meilleure chose qu'elle ait faite pour moi, c'est rire à mes blagues. Je lui en étais immensément reconnaissante. Elle pensait que j'avais de la joie et de l'esprit. Et elle a réussi à me faire parler. Pendant cinq ans.

Private investigations

Je préfère l'avouer tout de suite, je n'ai pas toujours été fidèle à Marianne, ni à aucun de mes thérapeutes. Je n'aime pas mettre tous mes œufs brouillés dans le même panier, on ne sait jamais. J'avais soif de sortir de cette léthargie et de me trouver. Alors j'ai plongé tête baissée dans la quête de moi. J'ai embarqué dans une aventure destinée à débusquer tout ce qui me bloquait inconsciemment et à en faire de la chair à pâté. J'ai revêtu mes habits d'enquêteur. Et, un jour, je suis tombée sur cette phrase qui m'a parlé.

> "Pour trouver ce que vous voulez, il suffit de voir ce qui vient continuellement sans que vous le cherchiez. C'est cela que vous voulez véritablement."
>
> SWÂMI PRAJNÂNPAD

Donc en parallèle de mon travail intérieur avec Marianne, j'ai suivi le conseil de ce monsieur inspiré et j'ai observé mon environnement, ce qui m'arrivait de l'extérieur. Ça a commencé par une simple filature. J'ai observé. J'ai noté les moments, les gens qui me remplissaient d'énergie et à l'inverse les situations et les activités qui me plombaient. Ce que je cherchais à ramasser, tel un Petit Poucet, c'était les graines de changement qui poussent toujours au milieu des chaos.

Ça tombait bien, mon cerveau d'œufs brouillés était attiré par des micro-projets, sans lien les uns avec les autres, et je le laissais se débrouiller. Un jour, il a, par exemple, accepté avec enthousiasme de rédiger le CV et la lettre de motivation d'une collègue de ma gardienne, qui convoitait une loge dans le XVIe arrondissement. Elle n'en avait jamais rédigé avant. On a pris un thé et j'ai essayé de faire rentrer sa vie de rondes d'étages et de quartier dans les formats bien carrés que je connaissais.

Puis, dans le désordre, je me suis aussi inscrite à une licence de psychologie à Paris-VIII, où je n'ai jamais mis les pieds, j'ai écrit des tas de petits textes sur des objets que je chinais, j'ai rédigé des synthèses de bouquins de management. J'ai suivi un atelier d'écriture, un après-midi, où l'on m'a demandé d'écrire un texte improvisé. J'ai choisi le sujet d'une femme sans lèvres qui sort son rouge à lèvres.

Et puis j'ai croisé des gens nouveaux, clairement pas comme ceux d'avant. Élodie, une styliste d'objets, pétrie d'énergie et d'idées, qui carburait à deux fuels opposés aux miens – « ça fait du bien ! » et « on n'a pas le temps ! ». Élodie est du genre à partir sur un coup de tête à Londres ou à Sydney pour trouver du travail, et revenir après quelques années pour partager tout ce qu'elle a glané. Ou Haô, un garçon français d'origine chinoise, quatre sœurs et des cordes vocales de ténor. Quand je le rencontre, il me raconte que la veille, en entrant dans son appartement, il a senti que quelqu'un y avait pleuré. Moi, un peu gênée : « Ah bon ? Mais comment t'as su ça ? » Lui sans se démonter : « C'était dans le salon, la pièce était pleine de larmes. » Si Don Draper avait été là, il aurait directement chipé le potentiel créatif de Haô à la concurrence. Haô travaillait dans la pub, mais il débutait une reconversion qui le mènerait, quelques années plus tard, à l'Opéra. Ni une, ni deux, j'ai mis ces deux belles graines dans ma besace.

J'étais très loin de m'en douter, mais j'ai commencé cette année-là le travail qui m'a menée jusqu'à cette page, dix ans plus tard. À l'aveuglette.

Je me suis plantée sous un microscope, tel un objet indéterminé. Et j'ai tout noté dans des carnets qui sont tout bonnement, et dans l'ordre, le brouillon de mon bouquin. Si j'avais su à l'époque, il est certain que je me serais sacrément moins inquiétée et sacrément plus amusée. Mais si j'avais su, cette histoire aurait quand même moins d'intérêt.

La gazelle

Il faudrait bien entendu que des neuroscientifiques me l'attestent, mais je peux déjà affirmer, à ce stade du récit, que l'on guérit d'un cerveau d'œufs brouillés. Ce n'est pas un état permanent, c'est tout au plus une transition. Trop de données à compulser, des câbles mal câblés, une corde trop sensible pour maintenir le tout et voilà que le chaos s'installe. Mais il suffit souvent qu'on tire de ce fatras un ou deux nouveaux fils et qu'on se fasse aider pour classer les données, pour que, petit à petit, le cerveau commence à se désembrouiller. « Le chaos est simplement un ordre à déchiffrer » (José Saramago).

Cette année ronchon se termina par un jour de l'An à Marrakech où la compagnie aérienne avait perdu ma valise. Un week-end agacé, à porter les mêmes fringues poisseuses dans un beau riad, où plein de gens en blanc s'amusaient. Fallait vraiment qu'elle se termine, cette indéchiffrable année. Même le chauffeur du taxi l'a senti, qui m'a soufflé en nous déposant : « Quel que soit le chaos que tu traverses, conserve l'élégance d'une gazelle. »

JUST A LATE BLOOMER
ONE DAY

Man in the Mirror
Michael Jackson

I'm starting with the man in the mirror
I'm asking him to change his ways
And no message could have been any clearer
If you wanna make the world a better place
Take a look at yourself, and then
make a change

Les mains dans la glaise

Numérologie : *Année personnelle 1*
Nouvelle énergie, commencement, concrétisation, semer des graines à long terme, se débrouiller seul

Horoscopie

Je suis chat. Enfin, pour les Vietnamiens, parce que, selon les Chinois, mon signe astrologique serait plutôt lièvre de bois. Et si l'on en croit le zodiaque, je suis Bélier, ascendant Balance.

Il ne faut pas me la faire à l'envers, je suis cartésienne. D'ailleurs, je n'ai découvert tout ça que par la force des choses. En enquêtant et farfouillant partout dans mon identité. C'est dans la bibliothèque de mon père, ingénieur et cartésien lui aussi, que j'ai dégoté mon manuel d'astrologie chinoise. L'oisillon n'est pas tombé loin du nid. *Tout ce que l'astrologie chinoise peut vous apprendre sur vous-même et votre avenir*, par une certaine Suzanne White. Ça m'a intriguée. Dans la série, il avait aussi un petit livre sur mon prénom et un autre sur les Béliers, éditions 1975. J'aime bien l'idée d'être influencée par les astres, comme tous les êtres vivants, apaisée par la lune et éveillée par le soleil. Mais les humeurs, le caractère, la personnalité, le destin ?

CO-SIGNES

CHAT/Bélier (21 mars-20 avril)

Le feu dynamique du Bélier est vital pour le « bois négatif » par lequel les Chinois symbolisent les natifs du Chat. Une énergie sans limites confère à ce Chat le cran dont il a besoin pour sauter des obstacles que bien des membres de sa race auraient tendance à éviter. L'art et tous ses pièges séduiront le Chat/Bélier dans sa jeunesse. Bien qu'il puisse réussir en affaires, il préférerait éviter le commerce et se consacrer à une de ces carrières métaphysiques qui l'attirent tant. Superficiellement, ce Chat peut sembler hyperactif. Mais l'intrusion de quelqu'un qui a besoin de lui peut le ralentir et transformer sa course en un rampement compatissant. Faites appel à son sens de l'altruisme, et le Chat/Bélier toujours en mouvement se transformera en un minou à sa mémère qui viendra s'asseoir sur vos genoux.

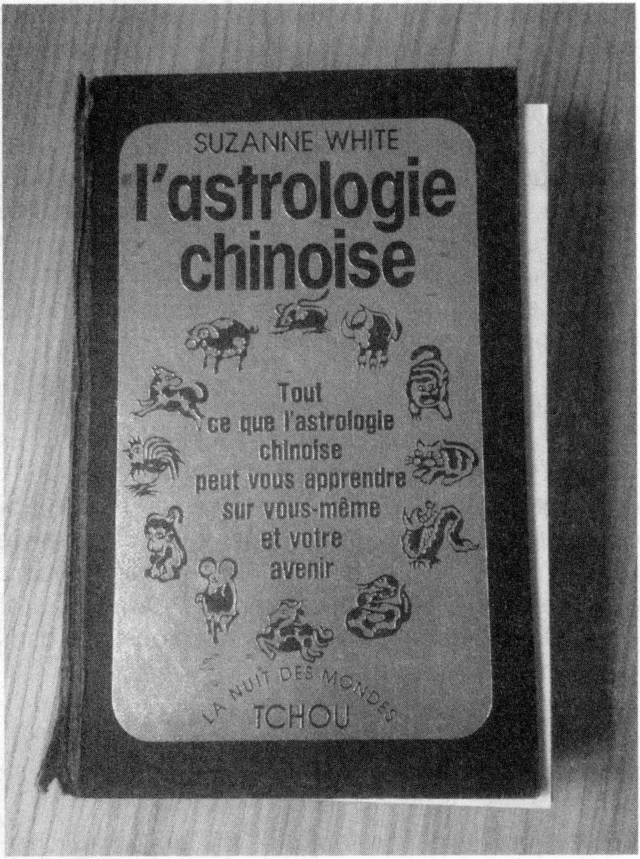

Pour vérifier, j'avais commencé un projet appelé *Horoscopie* : tous les jours, je notais ce qui m'était arrivé, en regard de ce que me prédisait mon horoscope. Pendant un mois, je le consultais le matin dans un journal, en général *Le Parisien*, et le reprenais en fin de journée pour comparer les faits. Le mois suivant, je ne regardais mon horoscope que le soir pour éviter d'être influencée. J'ai fini par abandonner cette entreprise ambitieuse qui ne m'a pas apporté les résultats scientifiques escomptés.

Ben oui, c'était biaisé, j'y croyais. Et j'avais peur que ce projet ne me convainque de ne plus y croire. Avec mes frère et sœur et des copains, on a même pris carrément le contre-pied en créant une nouvelle tradition, celle de fêter, en février, le Nouvel An chinois et de laisser Haô nous dévoiler solennellement nos prévisions pour l'année.

La vraie question à laquelle les late bloomers ne peuvent pas couper, elle est là : les choses sont-elles écrites ? Ou chacun pétrit-il son histoire ? Quelle est la part du destin, du hasard, de la volonté ? Si ça bloque, si je ne suis pas dans les clous, si je n'obtiens pas ce que je veux, dois-je me résoudre à accepter que « c'est comme ça » ? Ou me faut-il au contraire redoubler d'efforts et m'obstiner dans ce chemin ? Qui sait ? Grrrrrr.

Une vie de Rodin

À ce jour je donne toujours ma langue au chat. Ou plutôt, dans le doute, j'ai décidé de m'abstenir de trancher. Chance, prédestination, décision, il doit y avoir un mix de tout ça.

J'ignore s'il est écrit que, dans la vie, je dois écrire, mais j'ai écrit cette année-là. À quatre mains. Un ami graphiste m'a proposé de bûcher avec lui sur un pitch pour Yves Rocher. Il fallait trouver des accroches pour leur campagne web de l'été. On a turbiné et décroché le contrat. L'accroche que j'avais trouvée me semblait coller aussi bien à leur vision de la beauté qu'à ma quête personnelle effrénée : « Mon énergie durable ».

Puis j'ai écrit un livre avec ma sœur Caroline. On a décidé de mettre nos week-ends, notre amour des no-go-zones avant leur temps et notre double culture à profit. On a imaginé, conçu et rédigé un livre en anglais, appelé *Paris, the Second Time Around*, qui ambitionnait d'aider les touristes anglo-saxons à visiter la capitale comme de vrais Parisiens.

Quelque temps après, je me suis inscrite à « Story », une masterclass pour apprendre l'écriture de scénarios avec un émérite professionnel américain, un certain Robert McKee. Fascinant. Pendant trois jours, il nous livra les secrets d'une histoire bien ficelée, et le dernier jour, il se mit à décortiquer minutieusement, couche après couche, scène après scène, le film *Casablanca*. À mesure que McKee décryptait, moi je voyais sur l'écran se dessiner l'écriture, balbutiante, comme un nouveau chantier dans ma vie. Un grand atelier ensablé avec des planches, des outils, de la terre, des pinceaux et du mortier.

À ce propos, un post du blog Humans of New York a récemment retenu mon attention. L'auteur de ce blog, le photographe Brandon Stanton, capte tous les jours les confidences et les expressions les plus intimes de ses concitoyens new-yorkais. Là, il s'agit d'une dame installée sur un banc dans un parc de la ville, en plein été, avec un bouquin. Elle fixe la caméra : « Il y a bien quelques maux et douleurs, mais j'apprécie d'avoir 80 ans. C'est loin d'être aussi terrible que ce que j'avais imaginé. J'avais sous-estimé les plaisirs d'une vie déstructurée. »

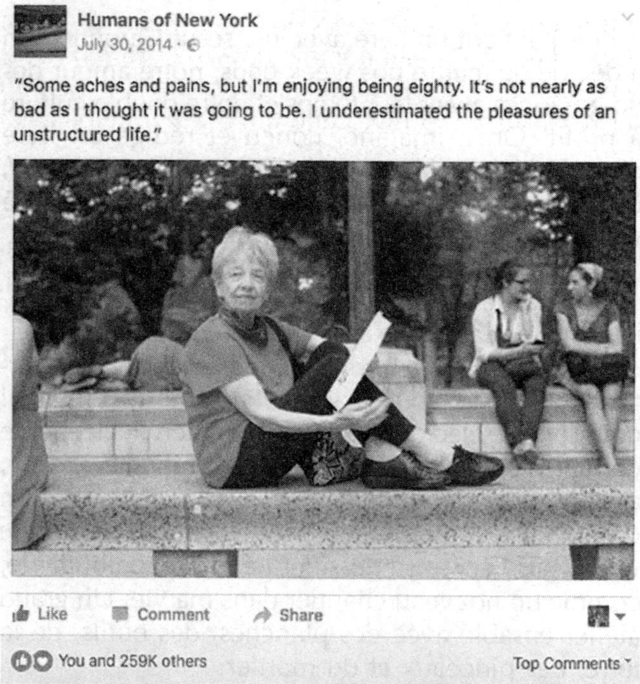

Tout comme cette inconnue, c'est cette vie déstructurée que j'ai commencé à aimer. Cette liberté, une vie d'indépendance, ou plutôt une vie dont on modèle la structure en permanence, une vie de glaise, une vie de Rodin, une vie d'artiste.

La poésie de la vie

Il n'y a que notre histoire d'amour dont nous avons peiné à écrire la fin, l'Amoureux et moi. On ne l'a pas fait en un jet. On s'est d'abord séparés pour un temps. Après un week-end à la mer, à Wissant. *Oui sans*, ça sonnait comme une autorisation. Il fallait bien avancer. Un nouveau départ. C'est ce qui arrivait aussi à Aimée, une amie qui emménageait dans un petit appartement, après une séparation. Elle avait peint certains murs vert espoir. Alors que je visitais son antre du renouveau et constatais que son espoir en son avenir était renouvelé, Aimée m'a un peu mystérieusement confié qu'il fallait croire en la poésie de la vie.

J'ai cueilli un bouquet
à la mer.

Elle m'a dit qu'elle y croyait à la poésie de la vie. Mais moi je n'y crois pas et je pleure la fin de ces trois ans. Et puis je le vois le bouquet, 2 tulipes rose vif et des grosses jonquilles jaunes. Il a comme poussé là, au bord de l'eau, planté dans un sopalin mouillé, dans un tas de sable. Il est debout, personne autour, je me retourne, je scrute, pour qui il a été cueilli et qui l'a mis là, comme déçu ou plein d'espoir...

Je m'arrête, interloquée par la poésie de ce moment. Rien d'autre que la mer qui lèche les abords de mon parterre fleuri.

Je continue et so does the poem.
Je laisse mes pas m'emmener.
Très loin, vers Griz-Nez. Et puis je la vois, une jeune fille au galop et au téléphone. Tout près de moi.

En revenant, c'est une ballerine déguisée en maman avec une poussette et un mari qui creuse un rocher, qui se met à danser dans le sable. Pieds nus, pointés, plié, des tours et des tours... Elle sourit.

Je reviens vers Blanc-Nez et c'est quatre hommes. Ils sourient, transportant leurs clubs de golf. Ils plantent leur tee et s'élancent sur le par de sable. Une balle à mes pieds. Ils sont là et j'ai l'impression très nette et merveilleuse de m'être perdue dans l'imaginaire de quelqu'un de plus délirant que moi...

Sans faire attention, j'ai

emprunté l'inconscient d'un autre être perdu dans ses pensées sur cette plage...

Je me rapproche de la digue défoncée et tout à coup je le cherche du regard. Le bouquet... Il est juste en train de se faire bousculer par les vagues, il m'a attendue pour descendre de son pied. Il n'était donc pas personne d'autre. Il m'était donc destiné. Ce poème aussi. Et cette incroyable balade sur la plage de Wissant, un jour parfaitement beau et déprimé... La poésie de la vie en version littérale...

Petit texte écrit dans ces eaux-là

Wissant. Oui sans

Cet entre-deux-mers n'a pas duré bien longtemps. Ce grésillement, le bruit hésitant de ne pas décider. Sans surprise, c'est l'Amoureux qui trancha. Il déménagea de notre appartement défraîchi au 5e étage, le temps d'un week-end, alors que j'étais ailleurs – j'avais fait diversion. Quand je poussai la porte en rentrant le dimanche, l'appartement était vide. Toutes traces de lui avaient disparu. L'air était cassé comme un jouet. Mais il y avait le silence.

Liberté

Je suis toujours un peu triste quand je pense à lui, forcément. Avoir la tête dans les astres et les mains dans la glaise, cela n'aide en rien à sauver un amour vaincu. Pour me remonter le moral, je repense aux bouquins que j'ai chipés dans l'armoire de mon père. D'après ces sources à ma disposition, ce n'est pas entièrement ma faute si j'ai une légère obsession pour la liberté. Je ne suis apparemment pas la seule à tirer les ficelles ou, en tout cas, ça m'arrange de le croire. L'astrologie chinoise, le prénom, le bélier, tout concorde, c'est évident. Je devrais avoir une vie sympa si je fais ce que je veux, quand je veux, où je veux et avec qui je veux (je résume). Mon père a dû se relever les manches quand il a lu tout ça à ma naissance. Et la suite de mes prétendants aussi car, après l'Amoureux, j'ai joué franco et je n'ai manqué aucune occasion de les briefer sur l'indépendance pas commode dont les astres m'avaient affublée. Au moins, comme ça, j'étais *fair-play*.

Pour enfoncer le clou, j'ai par la suite testé une autre source de connaissance, la numérologie. J'ai consulté Lydie, qui m'a expliqué, lors d'un entretien, la nature des cycles et qui m'a présenté par la même occasion des tas d'informations sur ma personnalité et sur ma vie. Elle m'a annoncé de but en blanc que j'étais née sous le sceau du chemin de vie numéro 5, celui du voyage et de la liberté, qui va me coller à la peau jusqu'à ma dernière heure. Et qu'en plus, n'en jetez plus, je venais tout juste de mettre le pied dans un nouveau cycle, qui allait se dérouler entièrement sous l'influence de l'indépendance et du renouveau (chiffre 1).

D'ailleurs, ce fut le grand bienfait de cette consultation. Moi qui rongeais un peu comme un os la petite amertume bien connue chez les aînés d'une fratrie, celle d'avoir essuyé les plâtres les plus coriaces et exigeants des parents, j'ai été décontenancée. Quand elle a lu mes numéros, Lydie m'a demandé si j'avais eu mon bac. J'ai dit fièrement : « Bien sûr, et en plus j'ai fait de grandes études ! » Elle a éclaté de rire et m'a dit que j'étais une extra-terrestre et qu'avec un thème comme le mien, dépourvu de la moindre discipline de travail, je pouvais remercier mes parents de m'avoir cadrée, car s'ils ne l'avaient pas fait, j'étais destinée à un échec scolaire carabiné. *Hop, hop,* exit l'amertume.

Mais bon, ça, c'est moi. D'autres late bloomers n'ont cure des astres, des chiffres et des lettres, ni des vents que leurs prédictions leur annoncent. En revanche, ils ont tout intérêt à croire en la poésie de la vie. Surtout pour faire taire le tintamarre des questions. Et ce n'est pas moi qui le dis. C'est un poète, un vrai, dans ses lettres à un (autre) jeune poète. Rainer Maria Rilke.

« J'aimerais vous prier, autant qu'il est en mon pouvoir [...], d'avoir de la patience envers tout ce qu'il y a de non résolu dans votre cœur et d'essayer d'aimer les questions elles-mêmes comme des chambres verrouillées, comme des livres écrits dans une langue très étrangère. Ne partez pas maintenant à la recherche de réponses qui ne peuvent pas vous être données parce que vous ne pourriez pas les vivre. Et ce dont il s'agit, c'est de tout vivre. Vivez maintenant les questions. Peut-être, alors, cette vie, peu à peu, un jour lointain, sans que vous le remarquiez, vous fera-t-elle entrer dans la réponse. »

It's oh so quiet

Après tout ça, moi, Catherine, lièvre de bois, chat, bélier, j'ai pris un chat. Un vrai.

Nino

Shahdaroba
Roy Orbison
(Final de la saison 3 de *Mad Men*)

When your dream dies
And your heart cries
Shahdaroba
Fate knows what's best for you

La ferme, vieille peau

Numérologie : *Année personnelle 2*
Gestation, peaufiner,
recul, prendre ses marques,
association, priorité au domaine relationnel

Autoportraits autosaoulée – vers 2008

Pfffffffff

Il n'y a pas que les grands peintres qui ont des périodes. Nous aussi. Ma période « Vieille peau », je la définirais comme celle où je me suis, jour après jour, autosaoulée. Une phase de disque rayé, où je savais pertinemment que je devais passer à autre chose, mais rien n'y faisait, cette vieille couenne résistait.

Je précise que « La ferme, vieille peau » n'est pas le titre initial de ce chapitre. Je l'avais au départ appelé « Résistance ». C'était moins rigolo. Mais c'est quand même le sujet. Bon sang, mais pourquoi est-il aussi difficile de changer ? Catherine, la dernière thérapeute que j'ai consultée, me l'a confirmé, nous sommes tous en perpétuel mouvement. Elle m'a raconté qu'à la fac son prof de gastro-entérologie leur avait enseigné que « leur estomac finissait tous les quinze jours dans la Seine ». Imagé. Chaque cellule de notre corps change et se renouvelle en permanence. Le changement n'est pas extérieur à nous, nous sommes le changement. Et pourtant, nous sommes champions pour y résister.

Cette vieille peau qui n'en finit pas de nous coller, il est certain qu'elle n'aide pas les late bloomers à gagner du temps. On peut même en perdre un paquet si l'on n'est pas vigilant. Et louper pas mal de trains pendant qu'on reste sur le quai, agrippé à une gare fantôme du passé. Pire, on peut même reculer. C'est ce que j'ai fait. Pourtant, c'était si simple, j'étais enfin en phase, mes deux vies s'étaient recalées. J'étais indépendante, j'étais séparée. Mais je résistais. Attention : la nuance est d'importance quand on parle de résistance.

Peaufiner

D'abord les faits : après avoir claqué, en toute bravoure, la porte du salariat, j'y suis quand même retournée, la tête baissée… par deux fois. J'ai signé deux CDI successifs à temps partiel dans une boîte d'informatique, puis dans une boîte de conseil en stratégie. Chaque fois, j'ai rompu élégamment, au bout de quelques mois. Je tournais en rond, je gigotais, je n'aimais plus rester assise toute la journée et encore moins devoir me plier aux horaires de départ et d'arrivée. Je peinais à m'engager vraiment dans ces nouvelles entreprises. Mais j'étais terrorisée à l'idée de plonger dans le grand bain de l'indépendance. J'étais devenue frileuse à défaut d'être free-lance. Était-ce encore la vieille peau qui me murmurait : « T'es vraiment sûre de ce que tu fais ? »

Steve Jobs a expliqué, dans un célèbre discours à Stanford, que sur le moment, on ne sait pas toujours pourquoi on fait les choses, mais que plus tard, si l'on se retourne sur son parcours, on s'aperçoit que toutes les étapes étaient connectées et nécessaires. *Connecting the dots*. Maintenant, je vois que cette phase où j'ai reculé était en réalité une phase où j'ai peaufiné, avant de me lancer, mon habit et mes outils de free-lance. Ces jobs que j'ai acceptés de moyen gré m'ont en réalité formée, transformée même, préparée en douceur à ce changement si important. Chaque contrat m'a fait faire un pas dans la bonne direction. J'ai progressivement abandonné la chef de produit que j'étais et endossé une nouvelle posture. J'ai appris à travailler pour un client, sur des projets très courts. J'ai été encouragée à penser à l'envers et à puiser dans ma personnalité pour nourrir les projets.

Et puis, j'en ai aussi retiré quelques pépites. Chez les informaticiens, j'ai rencontré un autre énergumène de mon espèce, Hugo, qui partageait mon mi-temps. Hugo avait quitté le sérail des managers pour intégrer, sans le savoir, le sérail des late bloomers. Il avait monté un groupe, Hooka Hey, et décidé de consacrer sa vie à la musique. Sa première chanson donnait le ton – *A Brand New Place*. Nos parcours n'ont, depuis, cessé d'être connectés. Et puis chez les consultants, j'ai collectionné les petites phrases délicieuses de mon patron, comme « Dites-moi ce dont vous avez besoin et je vous dirai comment vous en passer » ou « Vous et moi allons y travailler… donc vous ».

Une fois peaufinée, j'ai fini par me lancer. Je suis devenue une indépendante.

Encroûtée

« Non, tu sais, elle est trop indépendante », répondit l'Amoureux à un ami qui lui demandait s'il comptait me revoir. Sur ce thème-là aussi, j'ai résisté. Je suis même restée figée, comme une statue de marbre, dans l'indicible espoir de récupérer mon ex. Nos rôles s'étaient carrément inversés. Par un jeu démoniaque de mon esprit, c'était lui qui s'était transformé en challenge à relever, en forteresse imprenable. Et moi, j'avais beau me retrousser les manches, je ne suis pas rugbyman.

J'ai donc réfléchi, j'ai écrit, j'ai recherché, j'ai même téléchargé des manuels dénichés au fin fond du web. *The magic of making up* (La magie du rabibochage), *How to get your ex-boyfriend back* (Comment récupérer son ex). Véridique. Et suivi leur enseignement rigoureusement. Règle numéro 1 : s'astreindre à deux semaines de silence radio. Puis un florilège d'autres petites manipulations pour le rendre jaloux. Aucun effet. J'ai aussi fait des trucs chelous. Comme louer un Vélib' et me poster en bas de chez lui, nichée sous un abribus, profitant honteusement du mobilier urbain. Glauque et favorise l'état grippal. J'ai même écrit un scénario expiatoire, *Telling Samuel,* largement inspiré des faits réels, l'histoire d'une fille qui veut récupérer son ex et qui décide de créer un blog pour lui parler (j'y ai pensé).

Vous comprenez maintenant en quoi je me suis autosaoulée. Je l'assume. J'étais accrochée de toutes mes forces à ce qui était passé, terminé. Moi qui aime pourtant tant l'automne, je me refusais à laisser s'envoler cette relation mal-aimée et à accueillir la transformation qui suivrait.

Autoportrait en automne figé – vers 2008

Mon vrai visage

Dieu merci, Marianne, ma douce psychanalyste, m'accompagnait. Elle m'a aidée à débusquer ce qui se planquait. La frousse et la honte, pour résumer. Si je continuais à adopter ces comportements douloureux, et humiliants (ça, c'est moi, et non elle, bien sûr), c'était parce que mon filou d'inconscient y trouvait de la satisfaction. Je ne voulais l'Amoureux que dans la mesure où il ne s'intéressait plus à moi. Mon inconscient était sans doute en extase que je lui rejoue la scène finale de l'acte 3, dans laquelle le héros laisse sur le carreau cette nana sans intérêt. La peur de ne pas être intéressante, mon bon vieux sujet. Et puis tiens, une nouveauté : me retrouver seule… la honte. Le sentiment qu'on évite un max. Au moment de ma rupture avec l'Amoureux, le timing était impitoyable. J'avais 33 ans et je ne comptais même plus les faire-part divers et variés que je recevais. Mariages, baptêmes, naissances. Parfois, quand mes résistances lâchaient, je m'écroulais sous le poids du regard des autres ou de ce que j'y lisais.

Je suis du genre à demander une contre-expertise. J'ai donc consulté une autre thérapeute, Véronique. Je l'appelle secrètement ma rebouteuse, parce qu'elle travaille sur les mémoires du corps. Sa méthode est mystérieuse à souhait. Tout en maraboutant mes cellules, elle m'explique le mécanisme de la survie : nombre d'entre nous prenons appui sur une béquille, enfant, pour surmonter une peur ou une souffrance, mais nous oublions souvent de lâcher cette béquille en grandissant. Un peu comme l'éléphant qui a grandi attaché à un pieu, et ne s'est pas rendu compte, adulte, qu'il pouvait aisément s'en libérer. Je comprends que, pour survivre, j'ai appris à dissimuler mon vrai visage.

Est-ce pour survivre au regard des autres que nombre de late bloomers s'accrochent à leur vieille peau ? Montrer son vrai visage. Abattre ses cartes. Dire qui on est. Assumer. Compliqué. Véronique n'a pas clarifié le bénéfice que cette dissimulation m'apportait. *Damned*. Mais de toute façon, avec les psys, c'est toujours une question d'amour. En gros, si on ne montre pas son vrai visage, c'est qu'on a peur qu'il fasse fuir tout le monde. Plus personne pour nous aimer. Cornélien.

Il me faudra encore quelques chapitres pour oser tomber le masque dans la vraie vie. *Tadah !* Mais grâce à la résistance – merci la résistance – j'avais identifié la frousse et la honte. Quant à la vieille peau, j'ai fini par l'avoir à l'usure. Trop forte. Et aussi grâce à un mail un peu sec de l'Amoureux, qui me signifiait clairement qu'il fallait que j'arrête de le saouler, lui aussi. Il était temps maintenant d'être vraiment, complètement et intégralement, *for the first time, ladies and gentlemen, completely free*. Pas de patron, pas d'homme, un appartement sublimement défraîchi rien qu'à moi et surtout, pas de regret. La voie était libre.

Le récit de ma période « Vieille peau » ne serait complet sans rendre compte d'une découverte majeure que je fis cette année-là, celle d'une loi puissante gouvernant l'univers : la pensée créatrice. À travers un livre, *The Secret*. C'est drôle, ce livre, il passe de main en main et a le don de disparaître. Celui qui m'en a parlé, un certain Michel, m'a dit qu'il en avait lui-même acheté plusieurs, car le livre n'arrêtait pas de filer. Mon propre exemplaire est quelque part entre Madagascar et la Colombie.

J'ai beau avoir découvert cette loi dans la série de mes tentatives ratées pour récupérer mon ex, si j'en parle, c'est que je crois que la méthode peut être efficace pour les late bloomers. Il y a beaucoup de littérature sur le sujet, mais ce livre décrit de façon ésotérique et amusante, comme si c'était un secret enfoui et révélé, le pouvoir créateur de la pensée. Ce qu'en France on connaît un peu comme la méthode Coué. C'est très précis. Nous avons le pouvoir d'attirer à nous les expériences, heureuses ou malheureuses, par nos simples pensées. La démarche à suivre est simple. On exprime clairement son désir à l'univers (en l'écrivant ou en le clamant) et puis on agit comme s'il allait se concrétiser, on met tout en place pour se préparer. On ne doute pas. L'étape la plus cruciale est de fixer une intention. Faut savoir ce qu'on veut, hein. Et puis, il faut être sincère. Et on n'a aucune prise sur les autres, sinon ça ne serait pas du jeu.

J'ai fait chou blanc avec l'Amoureux mais, en revanche, cet été-là, un épisode m'a absolument convaincue de cette théorie. J'ai passé quelques semaines dans le Connecticut, chez Grandma et Fred, ma grand-mère et son second époux. Fred était le pasteur de l'église où elle était organiste. Il était devenu pasteur à 44 ans, après une première vie d'ingénieur. Grandma l'avait épousé à l'âge de 69 ans. Deux jolis late bloomers. La santé de ma grand-mère se fragilisait. Elle avait du mal à respirer. Une machine devait l'aider. C'était une joie pour moi d'être là-bas. J'avais oublié mon exemplaire de *The Secret* en France. Un après-midi, je raconte à Grandma ma découverte de ce livre et mon regret de l'avoir oublié. Je la vois se pencher vers la petite table à côté de son fauteuil, farfouiller et en sortir un exemplaire du bouquin. Je vous l'ai dit, ce livre voyage tout seul.

La semaine de l'oubli

Je sens que ce chapitre mérite une note d'espoir. Le temps fait son œuvre en toute chose. Il a le pouvoir de transformer nos expériences. Au moment où je me dépêtrais avec le dossier épineux de ma rupture avec l'Amoureux, il s'est passé quelque chose en moi. Comme pour faire de la place, le dossier précédent s'est bouclé, rangé, archivé. Celui qui contenait mon grand amour de jeunesse, que j'avais quitté abruptement. Un dossier amer et triste. Je l'avais mis sous la pile pour ne plus y penser – ça marche – et il y était resté. Je n'y avais jamais repensé. Et encore plus fort, je savais qu'il habitait avec sa nouvelle compagne dans mon quartier, vraiment tout près, et malgré cela, pendant des années, on ne s'était jamais croisés.

Une nuit, en plein Amoureux-gate, j'ai rêvé de lui, mon premier fiancé, il venait chercher ses affaires. Le lendemain matin, je sors de chez moi et je vois une vieille Renault 5 un peu pourrie garée devant ma porte, le modèle exact de celle qu'il conduisait quand je l'ai rencontré, de celles qui grincent quand on passe les vitesses. J'étais intriguée, je pensais que ce modèle de voiture avait complètement disparu. Les jours suivants, je vis des Renault 5 partout. À la fin de cette semaine de la 5e dimension, je le croisai dans la rue, pour la première fois en sept ans. J'appelle cette semaine la semaine de l'oubli. Quelque chose en moi était enfin prêt à lâcher ce gros dossier pour de vrai, à le ranger, à l'archiver. C'était du passé. Je me suis amusée à monter un petit projet photo à partir de cette expérience, en notant les dates, les heures et les rues où je voyais les voitures. Il a malheureusement disparu dans une flaque d'eau avec l'un de mes téléphones.

Après la débâcle de mes tentatives pour récupérer l'Amoureux, il ne me restait plus qu'à attendre patiemment la prochaine semaine de l'oubli, celle où je l'oublierais, lui.

LA SEMAINE DE L'OUBLI
(Reconstitution)

19 mars 2014, 23 h 57, rue Duhesme

29 mars 2014, 19 h 57, Paris

19 avril 2014, Mers-les-Bains

11 février 2015, rue Lamarck

Défricher sa nature

Numérologie : *Année personnelle 3*
Nouveaux projets, art, année lumineuse, respiration, optimisme, éparpillement sentimental

Nature profonde

J'ai un vague et plutôt dichotomique souvenir de mes cours de philo. L'état de nature = pas bien. L'animalité, l'instinct, la loi du plus fort. Et pour dompter tout ça, des institutions, des règles et des repères à la vie en commun. *Fine*. Je ne suis ni rebelle ni révolutionnaire, ça se saurait, depuis le temps, mais pour l'objet de notre étude, et le salut des late bloomers, je voudrais redorer le blason de l'état de nature, eh oui, de notre nature profonde, celle qui nous fait pousser, grandir, évoluer. Celle qui tient les rênes.

Laisser la place à l'instinct, se mettre en mouvement, partir à l'aventure, expérimenter. Point d'étape : c'est dans cette phase que se retrouve un late bloomer quand il lâche enfin ses résistances et qu'il ouvre les vannes. Tout à coup, ouh là !, des tas de désirs se font jour et demandent à être exaucés. Culinaires, capillaires, vestimentaires, émotionnels, que sais-je. Et c'est pile là que l'on attire dans son giron moult nouvelles expériences. Elles ne vont pas forcément toujours dans le bon sens, mais elles en ont souvent un.

Récemment, pour me familiariser avec l'écriture d'un *memoir* (genre littéraire prisé outre-Atlantique, auquel ce livre prétend), j'ai lu quelques ouvrages. *Naked, Drunk, and Writing,* écrit par une femme tout à fait sobre appelée Adair Lara. *Write Your Memoir* d'un certain Dr Allan G. Hunter, qui invite ses lecteurs à embrasser la dimension thérapeutique d'un travail comme celui-là (tu m'étonnes). Il indique que, quand on bloque sur un passage, un chapitre, la solution est d'apporter de la matière pour stimuler l'imagination. De nouvelles histoires, des personnages. C'est chimique, ça bouscule l'existant et ça crée une réaction ; quelque chose se produit, littéralement.

Je trouve que ce conseil est tout à fait approprié à l'existence. On dit que la nature a horreur du vide. Je ne sais pas si ça a été démontré scientifiquement, mais si ce n'est pas le cas, je vais léguer ma vie à la science. Surtout son volet affectif. Adulte, chaque fois qu'une porte s'est fermée sur une relation, j'ai ouvert une fenêtre pour accueillir quelqu'un de nouveau. Zéro vide en la matière. Tiens, pile au moment où l'Amoureux est parti, j'ai rencontré, coup sur coup, trois ou quatre brebis temporairement égarées, qui étaient comme moi en train de se chercher. Bim, de nouvelles amitiés, des belles, appelées à durer. C'est donc ce que j'ai fait dans ma vie au moment du grand vide. J'ai apporté du neuf, du stimulant.

Créa

Je me demande si d'autres late bloomers se sont déjà fait cette réflexion : si l'on n'a pas encore trouvé ce qu'on cherche, c'est peut-être, tout simplement, qu'on cherche quelque chose qui n'existe pas encore. C'est à nous de l'inventer. Hé hé. Un job, un projet, une idée, une relation. Ça expliquerait en toute logique pas mal de choses.

Mine de rien, pendant que j'étais occupée à raconter tout ça, on m'a officiellement adoubée en tant que « créative ». « On », c'est le monde de la com, que je côtoyais depuis que j'explorais en free-lance. Les créatifs sont ceux qui sont chargés de trouver des idées créatives pour répondre à des briefs clients. Ils ne s'occupent ni du marketing, ni de la stratégie, ni des produits. Ouf. J'aimais ce que cela n'était pas. Ça me prit un peu de temps pour maîtriser la chose, pour m'y amuser, et ça avait l'air de marcher. « On » semblait m'y encourager.

Être une créative n'était pas une vocation, j'avais même du mal à entendre le mot. Créative, moi ? Dans ma famille, les rôles étaient assez clairs à mon sens. Tout le monde était créatif, mes parents concevaient et produisaient des fêtes aux thèmes et aux décors féeriques ; mon frère était musicien de tous les instruments ; ma sœur historienne d'art, auteur et experte en design ; ma tante couturière et jardinière. Tous créatifs, sauf moi. C'était étrange de devoir m'approprier ce mot. Pourtant, c'est venu tout seul.

Mon secret, toujours dire oui à ce qu'on me proposait, même si je ne l'avais jamais fait. Une pub ? Oui. Une campagne web ? Oui. Un rapport annuel ? Oui. Un site web ? Oui. Et puis je me débrouillais. Un jour, on me contacte pour bosser sur le contenu d'une conférence. Une conférence ? Oui. Avec toute cette effervescence, j'avais abandonné les cartes de visite et quand on me demandait, je restais évasive sur mon métier. Rien ne semblait coller. Rédactrice ? Non. Conceptrice-rédactrice ? Non. Consultante éditoriale ? Non plus.

Une nouvelle façon de penser

Franchement, j'étais la première étonnée de mon audace, et surtout de la souplesse que je découvrais à ma pensée. Comme si elle avait fait du stretching à mon insu pendant toutes ces années. J'avais envie d'apprendre, de changer mon raisonnement. Je m'intéressais à des tas de choses, je lisais et j'ai commencé à forger, sans m'en rendre compte, ce qui est devenu un nouvel état d'esprit. D'un ensemble vague et imprécis de compréhensions, de perceptions, d'idées glanées au fil du temps, j'ai construit un tout, holistique et cohérent pour moi.

Carol Dweck, professeur de psychologie sociale à l'université Stanford, a justement écrit un ouvrage sur l'état d'esprit, *Mindset*, qui occupe une place de choix dans ma bibliothèque. Elle y défend l'idée que la croissance d'un individu dépend de son état d'esprit et qu'il en existe deux types : *growth* et *fixed*. Ceux qui sont *fixed* sont figés dans une façon de penser qui leur convient et dont ils ne dérogent pas. Leur vision du succès : « Prouver qu'ils sont intelligents et talentueux. Valider ce qu'ils sont. » Les *growth* sont souples, élastiques, ils changent, même si c'est compliqué, car ils savent intuitivement que c'est une source de croissance. Pour eux, le succès consiste à « s'étirer pour apprendre de nouvelles choses, se développer ». On n'est pas bloqué dans une sphère ou une autre, on peut tout à fait bouger. Même si cela n'efface pas les doutes, adopter l'idée du late bloomer est à mon sens un pas important vers la croissance, le développement personnel.

Pour moi, les choses dans ma vie professionnelle étaient en expansion, un grand Malabar qui pouvait s'étirer dans tous les sens, sans aucune limite. Et j'aurais même pu crâner si je ne savais que, dans un autre domaine important, celui de ma vie amoureuse, mon chewing-gum ressemblait plutôt à un petit caillou gris tout figé.

Les aventures

À la grande aventure de l'exploration dans le boulot, j'opposais les petites aventures timorées dans mon intimité. Après les deux derniers, la source d'hommes parfaits s'était tarie. À moins que ce ne soit moi qui aie décidé de boucher les arrivées. J'ai le souvenir distinct de m'être fait la réflexion que j'allais payer le prix d'avoir rejeté le destin tout tracé que mes amoureux m'avaient proposé. En toute logique, je tombais donc sur des hommes qui étaient davantage partants pour remplir mon « ex-file » que ma vie.

Je crois que ce dont je souffrais, surtout, c'était de mon état d'esprit. Dans ce domaine-là, il était figé. Carol Dweck explique qu'en amour, les personnes en croissance tirent des enseignements de leurs échecs amoureux, pardonnent, lâchent prise et tentent d'en sortir grandies. Tandis que les figés sont plus à même de nourrir du ressentiment pour l'autre ou pour eux-mêmes et de s'apitoyer sur leur sort. Votre humble serviteur. J'avais bien essayé de décortiquer la fin de mes relations pour tenter d'apprendre des choses et d'avancer. Mais ce que j'en avais retiré, c'était deux bons gros blocs en béton armé : 1/ Les hommes m'empêchent d'être libre, ils ne m'aiment pas vraiment pour ce que je suis ; 2/ Je ne suis pas capable d'aimer et de rendre une personne heureuse. Bam.

Ce que Carol Dweck nous apprend aussi, et là, c'est quasiment un affront à ma culture romantique perso, c'est que les individus en croissance savent intuitivement qu'il faut travailler pour faire marcher une relation. Il n'y a que les figés pour penser des trucs du genre « je saurai dès que je le verrai » ou « si c'est compliqué, c'est que ça n'est pas ça ».

Peu consciente de la rigidité dans laquelle j'avançais, je me targuais au contraire d'être super open par rapport à mes amies qui, elles, me semblaient avoir des exigences de ministre dans leurs relations.

Moi, je préférais me raconter une jolie histoire, que j'aimais l'idée de me retrouver dans mon couple comme dans un sanctuaire doux et protecteur après les rigueurs de la journée. C'était cela que j'attendais d'un homme, plus qu'autre chose, le sentiment d'être désirée, rassurée. Mais surtout, je flippais.

Alors, pour éviter tout ce bazar, et être tranquille, je suis sortie avec une poignée de bons et mauvais garçons, qui avaient tous en commun de ne pas me faire vibrer. Enfin, sauf peut-être un. C'est ma sœur Caroline qui l'a repêché, quand elle a lu pour la première fois ce manuscrit. Lors d'un échange éditorial de haute volée autour d'une poignée de raisins secs, Caro me dit : « Mais il y a un homme dont tu n'as pas parlé. Je ne comprends pas, il t'a pourtant fait sortir de toi-même, l'artiste, souviens-toi. – Oui c'est vrai, je ne sais pas pourquoi je n'en ai pas parlé, ça me gêne… – Bah et les autres, ça ne te gêne pas… – Bah moins… »

C'est vrai que je suis montée de deux ou trois paliers sur l'escabeau en fréquentant ce garçon. Je me suis lancée sans filet. Il a cette nonchalance. Pas de la catégorie des agaçantes, des je-m'en-foutistes. Pas du tout. La sienne est bien campée sur une joie, une malice et une authenticité. Désarçonnant. Il sait qui il est, et ce n'est pas compliqué. Tiens, c'est un volcan en paix. Le volcan dans la pub Volvic, avec un peu de rhum arrangé. Il ne ménage pas les gens pour autant, il dit les choses gentiment, mais sans vous brosser dans le sens du poil. Moi, la championne du papier cadeau, j'ai eu un vrai crush pour le mec qui n'emballe pas ses propos. Enfin, de toute façon, volcan ou pas, à mes yeux, c'était l'Everest et j'étais en tongs. On se croisait de temps en temps, on s'aimait bien. C'est tout pour le moment.

Usual suspects

À mon sens, ça fait quand même grandir et avancer, ces rencontres et ces relations. Pour la simple raison que les personnes que l'on rencontre sont un bon reflet de ce que l'on vit intérieurement. Pour Florence, une tarologue et femme très spirituelle que j'ai rencontrée dans ces eaux-là, les hommes et les femmes que l'on accueille dans sa vie sont d'ailleurs « le reflet de notre homme ou femme intérieur(e) ». Il peut être très intéressant de se refaire le film et de constater à quel point le profil de nos amant(e)s change avec le temps.

Plus jeune, j'ai rencontré des hommes curieux, ambitieux, soucieux de réussir. Puis de plus en plus sensibles, ayant à cœur leur équilibre. Par la suite, plus j'ai avancé et plus j'ai rencontré des garçons parfois moins structurés, mais plus souples dans leurs idées et leur façon d'appréhender la vie. Des artisans, des artistes, ou des hommes en quête et en recherche. De sens ou d'eux-mêmes.

Le problème avec les opportunités

L'exploration me semble une excellente chose quand on cherche son chemin. Il y a toutefois deux ornières à éviter. Le premier souci, c'est la gestion des opportunités. Savoir les saisir, c'est merveilleux. Se tourmenter à l'idée que l'on puisse les manquer, c'est très embêtant à la longue. Et puis on entend tellement que, si on ne saisit pas notre chance, elle risque de ne jamais se représenter.

J'ai été tellement obsédée par cette question des opportunités qu'il m'arrive encore de me tortiller sur ma chaise à me ronger les ongles parce que j'ai été invitée à un apéro où je ne connais personne, mais si ça se trouve, il y aura : 1/ Un des hommes de ma vie ; 2/ Une personne que je dois rencontrer pour une raison ou une autre ; 3/ Rien, mais si je n'y vais pas, je ne saurai jamais ce que j'ai peut-être manqué. Aujourd'hui, j'ai compris ou plutôt décidé deux choses. Si j'hésite, c'est que c'est non. Je n'ai pas envie ou j'ai peur d'y aller et donc je n'y vais pas, point. Et s'il doit se passer quelque chose, eh bien cette chose adviendra et ce n'est pas la peine de torturer ma chaise. Elle n'y est pour rien.

Le deuxième souci avec l'exploration, c'est le manque de repères. Quand on est un late bloomer, il vaut mieux s'y faire. Plus on prend son temps, plus on s'éloigne de la norme. Et avec la norme, des repères. On se retrouve à planter soi-même ses jalons. Tout seul. Difficile de compter sur les autres pour nous souffler les réponses, quand on n'a plus les mêmes questions. Faut rédiger son propre règlement.

C'est à cette époque que j'ai appris de nouvelles règles, qui apparemment président chez certaines des populations les plus influentes du XXIe siècle : les mères de famille, les artistes et les entrepreneurs du web. La première, je l'ai déjà évoquée, c'est le secret de la réussite digitale selon Fany : quand on a une idée, dix jours plus tard elle doit être en ligne. Ensuite, il y a la règle des cinq secondes, the *« five-second rule »*, dont je dois l'explication à

Nicole, une amie américaine, à qui je rends régulièrement visite à San Francisco. Elle m'explique tout naturellement, en ramassant une poignée de Cheerios balancés sur le sol par son bébé, que si ça reste moins de cinq secondes sur le sol, c'est propre. Et une dernière, glanée chez mon copain Hugo : quand tu décides de partir d'une soirée, il faut toujours rester quinze minutes de plus. Pareil, *no reason*.

Pensées recyclées

Il n'y a pas toujours de raison rationnelle derrière une règle, c'est bien pourquoi je me suis mis en tête de créer les miennes, puisque certains le faisaient bien, ou d'adopter celles qui me plaisaient chez les autres.

Ou encore de modifier des règles existantes. J'ai appelé ça les « pensées recyclées ». C'était ma grande période recyclage dans la maison et je m'amusais à ramasser des règles de vie qui me paraissaient périmées et à les recycler sur des emballages en carton sauvés de la poubelle jaune. Parce qu'on ne réalise pas, parfois, à quel point la culture légifère dans nos têtes. J'avoue que La Fontaine a pris cher. « Rien ne sert de courir, il faut partir à point. » Mouais. Mais aussi certains de ces dictons dictateurs qui nous viennent à point nommé dans une situation, et qui nous imposeraient presque la conduite à tenir. « Toutes les bonnes choses ont une fin. » Au secours.

Ce petit jeu m'a même donné l'idée d'inventer une machine, si un jour je rencontre un inventeur. Une machine qui transforme les idées noires en confettis. Ça serait même bon pour l'intérêt général. On l'installerait sur la place de la mairie. Imaginez, chaque fois que quelqu'un a une idée noire, bim, il l'écrit sur un papier et la glisse dedans. Et un jour par mois, rassemblement général, on appuie solennellement sur le bouton et la machine transforme toutes les idées noires en confettis qu'elle envoie en l'air.

Moi, en attendant, j'utilise ma trouillotteuse pour faire mes confettis, et ma machine à détruire les documents pour faire mes cotillons.

Extraits de ma collection de pensées recyclées

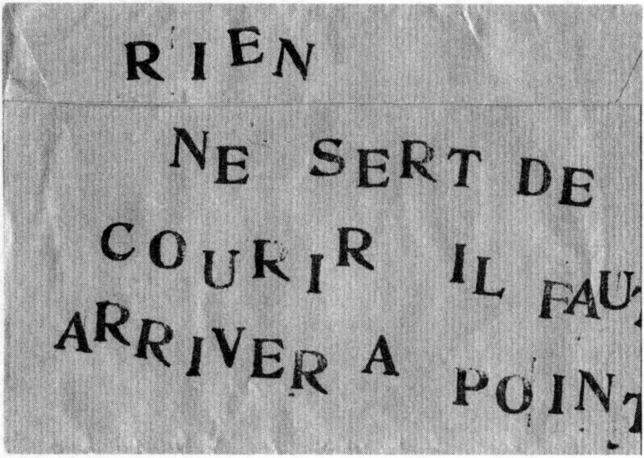

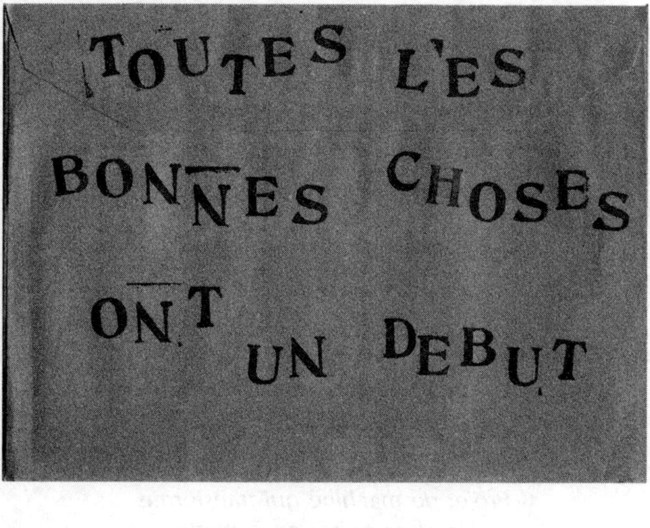

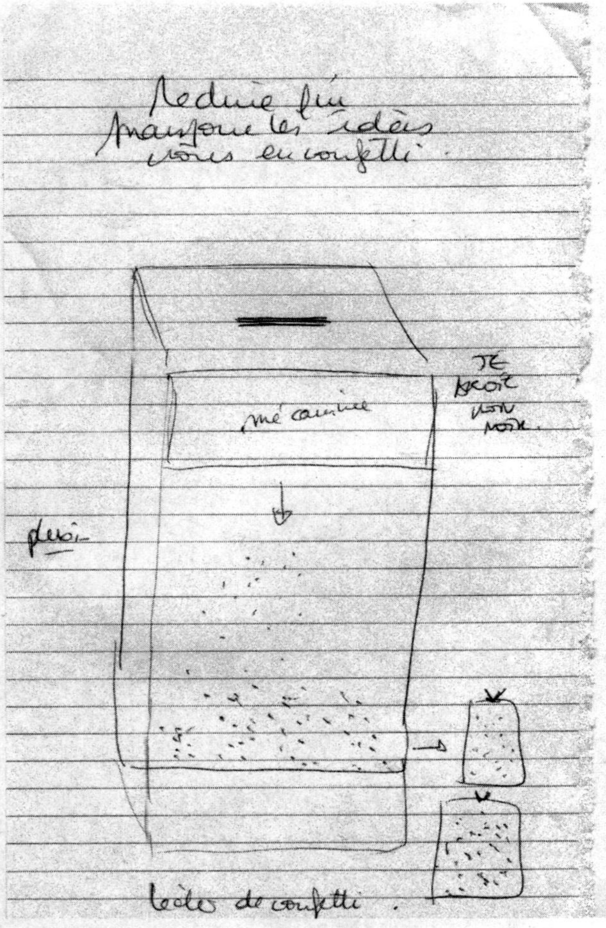

Projet de machine qui transforme les idées noires en confettis

Contenu déprimant de ma boîte à lettres,
recyclé et réservé pour trinquer à une autre occasion

Grandma

Le dernier signe, si j'en avais besoin, que j'étais lâchée dans la nature, sans plus beaucoup de repères, fut le décès de ma grand-mère d'Amérique. C'est arrivé. Grandma a été emportée par un souffle, mais elle n'avait pas dit son dernier mot. Ni aux autres, ni à moi. Elle a commencé par me rendre visite dans un rêve. Dans ce rêve, elle m'amenait Bob Hope, un vieil acteur américain. *Hope*. Espoir.

Et puis, comme si ça ne suffisait pas, elle nous a envoyé un livre depuis l'au-delà. Pas n'importe quel livre, son livre. S'il y a une chose qui est sûre, c'est que mon amour pour les livres et les librairies me vient de trois personnes : ma mère, mon père et ma grand-mère. C'est bien simple, mes parents préfèrent entrer dans une librairie plutôt que dans n'importe quel autre magasin. Ils s'y perdent des heures et, parfois, j'entends ma mère éclater de rire du fond d'un rayon, à la lecture d'un passage ou bien d'une blague sur une carte Hallmark. Mon père, quant à lui, aime s'emparer d'un sujet et l'étudier. Les pyramides d'Égypte, le mystère d'Orion. Grandma, elle, adorait les Agatha Christie et les livres de recettes, un peu usés, avec une odeur de bibliothèque.

Donc, après qu'elle fut partie, on a découvert qu'elle avait écrit un livre, un mystère, jamais publié. En 1973. Il était accompagné des lettres de rejet des éditeurs auxquels elle l'avait envoyé. Il ne restait du manuscrit qu'une copie carbone dans un classeur violet, remisé parmi ses affaires. Je n'arrivais pas à y croire. Pendant deux ans, j'ai gardé le classeur avec moi sans le lire, ni même le feuilleter. Un beau jour, je l'ai ouvert et je l'ai lu, page après page, tout en le retranscrivant dans un fichier Word, tel quel, sans en changer une virgule. Je voulais revivre son expérience de l'écriture et découvrir l'histoire en même temps.

Je l'ai fait imprimer, je l'ai offert à ma famille, à un Noël, et j'ai décidé qu'elle me l'avait envoyé pour m'encourager à tenter d'écrire moi aussi, comme elle l'avait fait.

Point d'étape de nouveau : certes et par définition, l'effervescence n'est pas faite pour durer. Elle finit par se dissoudre, comme dans un verre d'eau. Mais c'est un jalon hautement recommandé. Qu'on se le dise, un late bloomer éparpillé est un late bloomer libéré !

Loin d'être triste, cette année m'a stimulée, décuplée. L'énergie était là, elle me remplissait. Si mon cœur ne battait pour rien ni personne en particulier, mon pouls, lui, se déchaînait au rythme des défis que je me lançais. J'étais dispersée, mais en croissance, rien ne pouvait m'arrêter.

« C'est ce que je fais qui m'apprend
ce que je cherche. »

Pierre Soulages, 1953
Exposition au Centre Pompidou
à Paris, mars 2010

Le Volcan, le Lion et le P-DG

Numérologie : *Année personnelle 4*
Travail, matériel, effort, renaissance, persévérance, consolider, patience, stabilité

La magie

Connaissez-vous la langue des oiseaux ? Une langue secrète, créée à la nuit des temps et utilisée par les alchimistes pour transmettre leurs secrets. C'est aussi celle qu'utilisent notre inconscient et nos rêves pour nous souffler nos quatre vérités. Elle joue sur l'homophonie des mots et des sonorités. C'est une langue autrefois maniée par les poètes et décodée par les psychanalystes. Parmi ses secrets, on découvre que « la mort » n'est autre que « l'âme hors » ou que la rose est le symbole de l'Éros. C'est à travers elle que j'ai compris que « la magie », c'est « l'âme qui agit ».

C'est Florence, la tarologue, qui m'a appris l'existence de la langue des oiseaux. « Nous sommes des êtres spirituels, qui intégrons le monde matériel pour vivre des expériences, expérimenter. Nous arrivons avec un plan à accomplir et nous nous incarnons dans trois choses dans le monde matériel : un corps physique qui nous est fidèle et solidaire tout le temps, un corps émotionnel et un corps mental. Parfois "émo" et "ment" ne sont pas d'accord, l'un veut prendre le pas sur l'autre et cela crée des soucis (foulure quand le mental veut faire du sport, etc.). Ces trois éléments constituent notre personnalité. Celle-ci veut vivre sa vie, alors parfois elle s'éloigne du dessein de l'âme et l'on est perdu. Mais quand la personnalité et l'âme se rejoignent, c'est la magie (l'âme agit). » *I like.*

Ce livre traite de late bloomers, et promis, d'ici à la fin du récit j'aurai trouvé une traduction *frenchie* qui fait honneur à l'expression. À ce stade, on peut déjà se poser une question essentielle. C'est quoi *blooming* ? C'est quoi fleurir ? J'ai une théorie botanique assez radicale : pour moi, les roses les plus tristes sont celles qui ont lutté toute la saison pour devenir des anémones ou des pivoines. Et les tomates qui sont restées verdâtres, croquantes et maigrichonnes convoitaient clairement la destinée des asperges. Quelqu'un aurait dû briefer ces végétaux têtus et leur signifier qu'ils menaient un combat perdu d'avance et qu'ils seraient beaucoup plus joyeux s'ils acceptaient la vérité de ce qu'ils étaient.

Bon, transposer la botanique en philosophie est un grand écart qui ne me fait pas peur. Je ne suis plus à ça près. Je pense qu'on commence à fleurir quand on touche à sa vérité. Quand on est juste. Quand on est en cohérence avec soi-même. Quand l'âme agit. Ce ne sont que de petits moments au début, de simples soupçons. « On n'est pas bien, là ? » Ben si, on est bien.

J'insiste sur ce point parce qu'on a, je trouve, une fâcheuse tendance à penser que les bonnes choses sont furtives, il faut les capter, sinon elles s'évaporent, comme des Japonais. *Les Évaporés du Japon*[1], un livre touchant sur ces Japonais qui disparaissent comme ça un matin, pour toujours, pour fuir la honte ou l'épargner à leur famille. Le bonheur et bim, un geste malheureux, une démission, un divorce, et bannis à jamais. Ici, on est moins radical que nos amis du Levant, mais on n'est pas vraiment

1. *Les Évaporés du Japon*, Léna Mauger et Stéphane Remael.

relax non plus. Il faut profiter du bonheur… tant qu'il est là. Parce qu'après il va disparaître, fini. Brrr, ça fait froid dans le dos. Alors qu'avec la magie, le programme est bien plus réjouissant : on met fin aux dissonances intérieures, on se met hop hop au diapason de qui l'on est, de son âme, oui, et on ancre le bien-être durablement. Et surtout ça nous fait pousser. C'est quand même le sujet.

J'ai eu un aperçu de la magie cette année-là. Florence, à la fin de notre échange, m'avait invitée à tirer une carte du tarot pour connaître la couleur de mon année. La carte, c'était l'Étoile, l'arcane de vérité : « Dans les mois qui viennent, identifiez bien vos désirs profonds parce que c'est là que se trouve votre chemin. »

Son truc

Mes désirs les plus profonds. Hum. Non, parce que, pour moi, toujours cartésienne – on aurait tendance à l'oublier –, se trouver, ça passe avant tout par la réflexion. Trouver son truc. Son talent. C'est un grand mot, je sais. Un de ces mots qu'on emploie à demi-mot. C'est pour ça que je préfère « truc ». On a moins peur d'être arrogant. Pour autant, mettre le doigt dessus, c'est la clé de l'éclosion.

Grâce aux conférences TED[1], j'ai découvert sir Kenneth Robinson, un Anglais, adoubé par la Couronne pour ses travaux sur l'éducation. Avec humour, il explique dans son intervention que l'école que l'on connaît a été créée pour préparer les enfants à la... première révolution industrielle ! Pour lui, l'école devrait désormais s'employer à faire grandir la créativité et l'adaptabilité, détecter et promouvoir chaque talent, puisqu'on ne sait aujourd'hui rien des métiers qu'exerceront nos enfants. Il raconte l'histoire d'une petite fille considérée comme hyperactive parce qu'elle ne tient pas en place. Mais au lieu de lui prescrire des médicaments, un docteur avisé conseille à sa maman de l'inscrire dans une école de danse : « *Mrs Lynne, Gillian isn't sick, she's a dancer. Take her to a dance school.* » Madame Lynn, Gillian n'est pas malade, c'est une danseuse. Inscrivez-la dans une école de danse. C'est l'histoire de Gillian

1. Créées en 1984 aux États-Unis, les conférences TED (Technology Entertainment Design) sont des conférences au format très court, dont le but est de partager des idées.

Lynne, devenue l'une des plus grandes chorégraphes du XXe siècle.

Interpellée, je dévore le livre de Ken Robinson, *The Element*, qui explique sans détour que pour trouver son « truc », il faut identifier ce point de croisement entre son talent naturel et sa passion. En gros, c'est ce en quoi on est naturellement bon + ce qu'on aime faire. Magique. On n'excellera jamais là où on est médiocre, donc bonne nouvelle, nul besoin de s'épuiser pour avoir à peine la moyenne en maths quand on n'y comprend rien. Mieux vaut mettre toute son énergie dans le sport ou le dessin si on y est bon et qu'on aime ça. Pareil au boulot. Focus. Se défriser dans un bureau quand on excelle sur le terrain, c'est perdre son temps et gâcher son talent. I méga like.

Il va sans dire que je me suis mis en tête de détecter mes talents. Pas évident. « Ce sont les trucs qu'on fait si facilement qu'on ne s'en rend même pas compte, alors que les autres galèrent », me dit mon amie Sophie. Pour Sophie, c'est découper les légumes, gérer les situations de crise et ajuster un soutien-gorge pour faire bomber n'importe quel sein. Pour moi, on a dit, les créneaux, les papiers cadeau et une bonne écoute. Un peu mince, je trouvais, pour décider de ma future vocation.

J'ai donc fait appel à la science, ça va vous rassurer. Je vous sens un peu tendus avec cette histoire de magie. Allez, faut s'accrocher. Il s'agit de la science sociale, celle des chercheurs de l'institut Gallup aux États-Unis, qui ont mis au point une méthode pour aider les individus à détecter leurs talents. Dans l'introduction de leur livre, *Strengths Finder 2.0*, même topo : « *We had discovered that people have several times more potential for growth when they invest energy in developing their strengths instead of correcting their deficiencies.* » En gros, ils ont découvert que les gens démultiplient leur potentiel de croissance quand ils investissent leur énergie à développer leurs forces, plutôt qu'à corriger leurs manques. Je me suis prise au jeu et j'ai rempli, comme les millions de curieux avant moi, le questionnaire en ligne. Pas de jaloux sur l'échelle des talents, il y en a pour tout le monde et le logiciel en reconnaît cinq à chaque individu. Et voici mes cinq talents en synthétisé.

Connectedness : Je pense que tout est connecté et que tout arrive pour une raison.

Intellection : J'aime réfléchir et me poser des questions.

Strategic : Je sais faire le tri et je vois des liens dans la complexité.

Learner : Je suis énergisée par l'idée d'apprendre.

Input : Je suis curieuse et je collectionne, tout peut servir un jour.

C'est un peu perché, comme tout ce qui est profond. Encore faut-il dénicher une activité où l'on peut faire tout ça à la fois. Fallait creuser. Voilà. Mais toute cérébrale que je suis, je n'ai pas pu y couper, à mes désirs les plus profonds. Ils m'ont quand même rattrapée.

Le Lion

Je peux le dire maintenant, quand on est habitué à tâtonner, on le sent quand arrive un moment de vérité. On ressent une intensité ou au contraire un calme absolu, une évidence. Quelque chose d'important, mais va savoir pourquoi.

À l'aube de cette nouvelle année, par un janvier glacial, j'ai embarqué avec mon frère et une bande de copains dans un A380 direction New York pour assister au tout premier concert américain d'un groupe d'amis musiciens. Caravane Palace. Je n'ai même pas eu à attendre la sortie du territoire pour être expulsée de ma zone de confort. Trente minutes avant l'envol, j'ai vu débouler un garçon chevelu, débraillé, avec une voix et un pouls de lion en cage. Je l'avais déjà vu, il tenait un bar dans le XIe. Une réputation sulfureuse. Un aimant, attirant les gens à lui comme la flamme d'une bougie. Une des personnes les plus intimidantes que j'ai rencontrées. Il s'est planté devant moi dès l'arrivée à New York : « Viens avec moi, on va à Rivington Street ! » Euh, d'accord. Ce fut le début d'un tourbillon d'émotions.

Nous n'étions ni amis, ni amants, nous étions juste scotchés. Là où lui trouvait je pense la douceur, moi je recherchais l'intensité. La journée, sur un banc, il se frayait une place pour endormir sa tête bouclée sur mes genoux. La nuit, après avoir erré dans le Park avec d'autres et leurs arômes illégaux, il frappait à ma porte pour me raconter. Je voyais bien que nos amis étaient dubitatifs face à notre rapprochement inattendu. Je n'avais aucune idée de ce qui arrivait, mais je me nourrissais jusqu'à plus soif de cette intensité qu'il m'offrait. Le hasard d'une grève à Air France nous offrit même une journée inespérée.

La magie vola en éclats aux toutes dernières heures. Le décor était chic et décadent, une boîte de nuit appelée The Box. Notre dispute fut aussi absurde et intense que notre entente l'avait été. Il rugit comme un lion et je pleurai comme une petite fille. Le vol de retour à Paris fut *back to black*. J'ai quasiment sauté de mon siège dans l'avion jusqu'au divan de ma psy pour m'épancher et, après avoir écouté mon récit, Marianne me souffla prudemment : « Dites-vous que vous avez eu de la chance d'éprouver un moment si intense. » Ah d'accord. Je repartis sans réponse, j'avais des lessives à faire.

Le P-DG

On peut tout à fait expliquer la magie par les coïncidences. C'est ce qui m'a rassurée en rentrant à Paris, d'autant plus que je manquais de temps pour lambiner, j'étais appelée à travailler fissa sur la préparation des discours pour un gala qui se déroulait dans un monde féerique, cette fois un vrai, à l'Opéra. Pendant les réunions, j'avais le nez vissé sur mon ordinateur, bataillant discrètement avec mon décalage horaire. Un jour, la porte s'entrebâilla et quelqu'un se présenta. Sans lever les yeux, je reconnus sa voix que je n'avais jamais entendue. Profonde, belle, venue d'ailleurs. Une voix des entrailles. Quand je levais enfin la tête, je le vis lui, le P-DG. En l'espace d'une semaine, ça faisait beaucoup, beaucoup plus que dans les trente-cinq années qui avaient précédé.

J'étais un prestataire anonyme parmi d'autres. Pourtant, à la fin de la cérémonie, alors que je m'apprêtais à partir, je suis retenue : « Catherine, ça me ferait plaisir si vous restiez. » Malgré le brouhaha des festivités, on s'est entendu à tel point que j'en oubliais presque où l'on était. Furtivement pendant la soirée, j'ai fini par m'éclipser. Faut pas oublier qu'on était à l'Opéra – je sentais que j'étais à deux doigts de me transformer en citrouille et d'avoir de sacrés pépins. C'était trop. Le *businessprince* charmant et la free-lance, pas crédible comme conte de fées. Dès le lendemain et la clôture de l'événement, nous sommes retournés, comme par enchantement, à nos rôles bien cadrés, lui de P-DG-adios-gracias et moi de je-file-avec-mon-chèque-ma-mission-est-finie. À peine remise de mes émotions, je recevais un appel du Lion : « T'es où Mimounette ? Viens me voir au bar ! »

Âmes

Abracadabra ! On le sait tous, quiconque veut croire en la magie perd nécessairement une part de lui-même. La plus rationnelle, la plus rassurée. Faut quand même arriver à se convaincre qu'il existe une faille spatio-temporelle dans laquelle, *ffffiouuu* comme ça, se faufilent des âmes sœurs et des moments de vérité. Eh bien oui, cet épisode m'a convertie. Je résume : l'âme agit quand on est complètement ouvert et disposé à recevoir les cadeaux de la vie. Sans entrave morale, ni intellectuelle ni physique. En somme, des moments de vérité où l'on comprend ce qui nous fait vibrer grâce à des rencontres importantes et justes.

Le Lion et le P-DG, ces deux hommes avaient plus d'un tour dans leur sac et un rôle déterminé à jouer dans mon histoire. Me bousculer, me mettre sur une voie et, sans le savoir, me guider. Mais ce n'est pas avec eux que j'allais faire la vaisselle, un enfant et des projets. C'était des cadeaux précieux, mais sans paillettes et carabinés, qui m'ont mis le nez dans ma vérité.

Je m'étais toujours demandé si c'était réciproque, si l'impact était mutuel. J'ai revu le Lion récemment et il m'a reparlé, sans transition, de notre épisode new-yorkais. Il a eu ces mots : « Tu ne peux pas savoir comme ça m'a fait du bien de te rencontrer. » Quant au P-DG, je n'ai jamais eu l'occasion de lui demander, peut-être la règle vaut-elle aussi pour lui, mais cette âme-là ne m'a pas seulement croisée, elle m'a envoûtée et gardée dans son giron pendant un bout de temps, sans même que je m'en aperçoive.

Comme la vie n'est pas intense tous les jours, pour me rappeler cette histoire de magie, j'ai fini par me procurer une baguette. Une vraie.

So long Marianne

Frank Sinatra a chanté *When I was thirty-five, it was a very good year*. Et moi donc. Quand j'ai soufflé mes trente-cinq bougies, lors d'un apéro tout simple chez moi, je me suis fait la réflexion que je n'avais jamais été aussi heureuse. En une moitié de décennie, je n'avais pas chômé. J'avais le sentiment d'avoir apaisé mon cerveau d'œufs brouillés et de m'être calée sur la bonne fréquence, enfin. Sans avoir trouvé ma destination, au moins certaines choses s'étaient simplifiées, fluidifiées. J'avais grandi et même saisi l'occasion d'écrire un livre avec mes comparses de My Little Paris. J'avais fait un gros travail sur moi et je n'avais plus aucun doute que tout allait bien se passer. À tel point que j'ai quitté Marianne. Je m'étais toujours demandé comment ça se passerait. On se pose tous la question un jour. Amélie a rompu élégamment avec son psy en lui apportant des fleurs. Raphaëlle a passé une séance à convaincre son thérapeute de la libérer. Moi, je n'y suis juste pas retournée. Ça faisait un bout de temps que je fantasmais sur ma vie sans elle. J'en avais assez de parler. Un jour, Marianne a dit quelque chose qu'elle n'aurait pas dû dire. Peut-être l'a-t-elle fait exprès ? Ça concernait le Volcan en paix. Grâce au Lion et au P-DG, j'avais repoussé le moment inévitable où il me rattraperait, ce désir profond, pas caché du tout, pour le coup. J'ai fini par le défier, ce Goliath. Par un jour téméraire, d'un bleu électrique. Ça ne pouvait arriver qu'ainsi, avec un garçon comme lui, un grand frisson de toute beauté.

J'étais en train de décrire les symptômes à Marianne, moi le crush, lui le flirt – il était encore épris de son ex, il était plus jeune, blabla –, quand elle m'interrompit pour me lancer : « En tant que femme, je préfère vous conseiller d'arrêter, vous allez perdre votre temps. » J'étais furieuse et je me suis emparée de son argument pour ne jamais retourner la voir. Non mais ! Elle avait raison bien sûr, mais le Volcan était sur mon chemin, je ne pouvais l'éviter. Et puis j'entamais tout juste mon exploration des hommes-artistes et rien ni personne n'aurait pu m'en détourner. Souvenez-vous, les gens qui traversent votre vie…

Je m'amuse
Caravane Palace

Pa paa bada padabadapadaba paaa
badabadabadabadada Pa paa bada
padabadapadaba
paaama paam paam

Milieu

Note embarrassée de l'auteur

C'est à ce point précis dans une histoire
(et normalement dans la vie) qu'on est censé avoir
eu un déclic, c'est le milieu, le bon moment.
En toute logique,
la mayonnaise avec le P-DG aurait dû prendre
ou une autre histoire
dans la même lignée commencer.
Sinon c'est déséquilibré.

Mais pour les late bloomers,
le milieu n'est pas placé au milieu.
On le sait bien. Je n'y peux rien,
c'est comme ça.
Et vous voyez bien que je fais tout ce que je peux.
On doit continuer à chercher, à avancer.
Apparemment, on n'a pas encore trouvé les clés.
On doit creuser,
aller encore plus loin, pour trouver sa voie,
sa place.

Il est temps

Numérologie : *Année personnelle 5*
Mouvement, changement, expérimenter, recherche, liberté personnelle, indépendance, prise de risque

DLUO

À partir de quel moment devient-on un late bloomer ? Y a-t-il un moment où l'on disparaît des radars et où l'on est officiellement déclaré perdu pour la normalité ? J'ai vérifié, il n'existe aucune jurisprudence sur le sujet. Ça dépend des cultures, des individus, des environnements. C'est du cas par cas. La plupart du temps, le late bloomer sent lui-même qu'il est sur le point de dépasser la DLUO – la date limite d'utilisation optimale. *Homme, 1 m 80, belle situation, à épouser avant le 12.08.12. Femme, vie de ouf, à embaucher avant expiration le 26.10.05. Enfant, sportif, à médicaliser si pas conforme après le 10.06.18.*

Parfois, la prise de conscience peut naître d'une remarque anodine. On m'a dit par exemple cette année-là en toute bienveillance : « Il est temps. » Conseil à qui de droit : il est parfaitement inutile de dire ça à un late bloomer. Pensez donc, ils le savent bien qu'il est temps et qu'ils sont à la rue !

Quand on a compris qu'on est sur la sellette de la normalité, on entre subtilement dans une posture et une salle d'attente. La situation du late bloomer est assez semblable à celle du *« stand-by »* finalement. *Le stand-by* est le nom qu'on donne à une personne qui travaille dans une compagnie aérienne et qui bénéficie de billets dont le seul prix à payer est de poireauter dans l'aéroport, le temps qu'un avion ait assez de place pour vous embarquer. J'ai connu ça toute mon enfance, mon père travaillant dans l'aéronautique. L'attente peut être courte ou durer des jours. Chaque fois, avec ma famille, on arrivait tout apprêtés et en avance pour avoir plus de chances d'être choisis. Quand l'avion était plein, c'était la déception. Mais quand on nous appelait au micro, après que tout le monde eut embarqué, on montait direct au septième ciel.

Je ne donnerai qu'un seul tuyau : être en *stand-by* n'est pas une partie de plaisir, ça peut paraître long et on ne sait jamais quand on va décoller. Mais il ne faut en aucun cas faiblir, ne serait-ce que pour une raison : quand on finit par monter dans l'avion, on est parfois surclassé. Tac, direct en première.

Tempo

Le vrai souci des late bloomers, c'est le tempo. Le chef d'orchestre – quel qu'il soit – impose le rythme économique, social, moral, biologique et on est censé marcher à l'unisson. Accorder son rythme au métronome, oublier son propre temps. Un ami chasseur de têtes me racontait que la fenêtre de tir pour se constituer une carrière est fine : si l'on attend trop pour changer de job, pour grimper, c'est suspect sur un CV. La norme, quand on y pense, est un trou de souris. Et le late bloomer est souvent comme le héros du dessin animé *Ratatouille*. Rester dans le trou, ça ne lui dit rien. Tant pis, au risque de se faire prendre, il préfère en sortir, improviser et faire sa sauce.

J'aimerais pouvoir clamer que, *moi madame, je marche à mon rythme*. Mais, pour être honnête, la norme, je la reluquais un peu. Je pensais même qu'elle me sauverait. Mon salut se trouvait là, dehors, quelque part au-delà de moi. Un projet, un homme, une évidence, qui se chargerait de me mettre enfin sur le droit chemin et dans le bon tempo. Qui prendrait soin de moi et de mon cerveau d'œufs brouillés, qui donnerait du sens à ma vie et écrirait mon prochain rôle. Au fond, je ne savais toujours pas comment m'y prendre.

Récapitulons. Sujet numéro 1. *Il est temps* de le lancer, ce fameux projet créatif. Exemple de monologue intérieur : pour faire un blog, j'ai besoin d'un concept. Mais il me faut aussi des illustrations. Je suis incapable d'illustrer moi-même. Peut-être devrais-je briefer quelqu'un. Non, c'est nul. Je vais prendre les choses autrement. Que veux-tu faire au fond (mieux déjà) ? Partager des idées. Mais tout le monde le fait déjà. Ennuyeux. J'ai besoin d'une nouvelle façon de partager des idées. Et si je briefais quelqu'un ? Bon, tant pis, je repousse à l'année prochaine.

Briefer quelqu'un. Comme quand j'étais manager. Une des raisons pour lesquelles j'ai quitté le job dans la multinationale, c'est que dès qu'il y avait un truc sympa à faire, on « briefait quelqu'un ». Des idées à trouver, des textes à écrire ? On briefe quelqu'un. Et moi je briefais. Rien n'avait changé. Désormais j'étais free-lance, j'avais une EURL, et pourtant, dans ma tête, j'étais toujours chef de produit. Je cherchais un concept, une niche, un segment de marché. Créative, mon œil.

Sujet numéro 2. *Il est temps* de rencontrer quelqu'un. Oui d'accord, sauf que la récolte était maigre, sur le moment. Le tempo avait laissé place à l'inertie. J'ai donc dû trouver une façon efficace de me projeter un peu : j'ai appris à tirer les cartes grâce à Laurence, une amie d'enfance. Un beau jeu de cartes appelé l'Oracle Gé. Je l'utilisais tous les jours. Une addiction. Avec les cartes, il y a toujours quelque chose qui va arriver, un truc à se mettre sous la dent, un futur.

Mon bureau

Toutes ces menues frustrations, je les gardais pour moi. Même mes amis late bloomers avaient cessé de me questionner. On était tous lassés de répéter les mêmes histoires et les mêmes scénarios. Quand on se voyait, on tentait de profiter, plutôt que de ressasser. Peut-être qu'inconsciemment on se doutait bien qu'on n'aurait pas dû s'inquiéter.

Saisons

Comme toujours à point nommé, intervint mon ange gardien. Il a le don de me laisser me dépêtrer, et puis tout à coup de se pointer. Là, il souffla à Raphaëlle, mon éternelle comparse d'exploration, l'idée de me traîner à un atelier appelé « Être Soi », animé par deux coachs professionnels, qui offraient leur journée de repos à des curieux comme moi. Une chose m'a marquée à jamais dans cet atelier, à tel point que j'en suis ressortie tatouée comme un taureau avant un rodéo.

Au milieu de la discussion, pour illustrer leurs propos, nos intervenants nous dessinent la vie au tableau. Une courbe – non pas la méchante courbe du cycle de vie des produits, non, une jolie spirale ascendante, légère, gaie, aérienne. À chaque boucle, un cycle de vie, avec des saisons. « La vie est un renouvellement permanent, et à chaque étape, on passe par un hiver, un printemps, un été et un automne. Comme les autres créations de la nature. Cette spirale s'élève peu à peu, au long de l'existence, pour atteindre son point culminant à la toute fin. » Ça m'a coupé la chique.

Ce genre de moment est à marquer au fer rouge dans la bio d'un late bloomer. C'est un jalon. Quand quelqu'un met un mot ou un dessin sur une idée qui vous trotte dans la tête depuis longtemps. Dans son trait, j'ai cru retrouver un savoir ancestral inconscient et partagé.

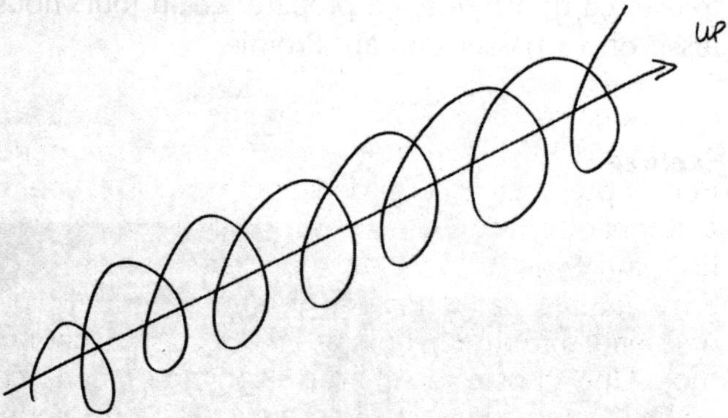

Le tempo de la vie

Quelques jours plus tard, je pars à Évian pour un nouveau séminaire. Le client a invité Edgar Grospiron, le champion de ski, pour qu'il témoigne de ce que sa vie de sportif lui a appris. Edgar nous raconte que souvent il travaillait des mois et des mois et qu'il ne progressait pas. « Et puis tout à coup, comme ça, tu ne sais pas pourquoi, tu te lèves un matin et tu passes un cap. Tout ce temps de frustration, d'énervement, de découragement, tu ne te rends pas compte que, sous la surface, sans que tu le voies, ça travaille. Et un beau jour, ça remonte. »

Allez, on est sympa, l'idée du cycle de la vie, on la partage – elle concerne tout le monde, pas uniquement les late bloomers. Quand on est en hibernation, à la surface, rien ne se passe, mais en dessous, sous la couche dure, irritée, fatiguée, comme sous la neige ou la glace, ça bosse. Ça creuse, ça transforme, ça prépare. Et un jour, nous aussi, on va passer un cap. Promis.

Racines

Mes grands-parents : Paul & Jeanne, John & Joan

Tant qu'à être en hibernation, autant faire un truc utile. Ou regarder des séries. Du fond de ma grotte, j'ai décidé de me pencher sur une question de fond, totalement ignorée à ma connaissance : nos deuxièmes prénoms ont-ils un impact sur nos vies ? Ha ! Ce n'est pas aussi saugrenu que ça en a l'air. Et de toute façon, on a tout loisir de perdre son temps en attendant le printemps. J'ai personnellement reçu trois prénoms, Catherine Jeanne Paule. Le mien et celui de tous mes grands-parents en condensé. Joan, John, Jeanne, Paul. Ça m'a toujours intriguée.

Une amie réalisatrice, Marine, a récemment réalisé un documentaire émouvant à ce sujet, *Ces liens invisibles*. Elle met le doigt sur ces émotions qui nous habitent et qui nous ont été léguées sans un mot par nos ancêtres. C'est aussi l'idée que défend Georges, un thérapeute chouette. Cet expert de la constellation familiale est convaincu que nous sommes profondément influencés par le vécu de nos aïeux. Pour rendre cet héritage à César, il faut l'identifier, le comprendre et, avec l'aide de Georges, l'expirer.

S'il y a un truc sur lequel je n'arrête pas de buter depuis ma venue dans ce monde, c'est le mal de terre. Un match permanent entre la France et les États-Unis. En creusant mon arbre, j'ai eu une révélation généalogique. Je le conseille à tout le monde. Normal que je me sente ballottée. Pendant des générations, mes aïeux paternels sont restés paisiblement nichés dans le Pas-de-Calais, jusqu'à ce que mon père décide de s'envoler et de parcourir le monde en travaillant dans l'aviation. Tandis que ma lignée maternelle, forgée par l'immigration, n'a cessé de transporter sa vie d'un côté à l'autre de l'Atlantique, par nécessité ou pour la réinventer. Polonais, Anglais, Irlandais, Écossais,

Américains, Ellis Island, les G.I., le Blitz, la révolution industrielle, guerres, mariages, nourrissons. À chaque génération sa traversée. Jusqu'à ma mère, qui choisit d'ancrer son destin en France. D'où le ballottement.

Joan, John, Jeanne, Paul. J'ai rendu leur place, dans ma vie, à tous ces grands fantômes sédentaires et voyageurs. Et j'ai compris pourquoi, ayant grandi en France, mon autre continent est devenu mon issue de secours, où je peux me réfugier à tout moment, en vrai ou en pensée, par nécessité ou pour me réinventer.

Et puis ça m'a permis de développer une petite réflexion sur les deuxièmes prénoms. Après tout, ils sont inscrits sur notre carte d'identité et on n'en parle jamais. On ne connaît souvent même pas ceux de nos proches. Mais il suffit de leur poser la question, pour qu'ils fassent une tête. Une grimace en général, comme s'ils rechignaient à en parler. *Ah mais si !* Moi j'ai envie d'en parler. Avec Pierrick, un ami photographe, qui n'en a reçu qu'un, on s'est lancé dans un projet pour tenter de démasquer les histoires d'identité qui se cachent derrière les deuxièmes prénoms.

Deuxièmes prénoms – Projet en cours

The voice

Peut-être que les late bloomers qui attendent tranquillement le dégel en regardant *Game of Thrones* arrivent exactement au même point que ceux qui ne tiennent pas en place. Il faudrait faire un vrai sondage. Qu'on ne se fie pas uniquement à ce que je dis, je ne suis qu'un cas parmi d'autres. En tout cas, à force de m'agiter, la glace qui me pétrifiait a un chouïa craqué. Et je me suis découvert deux voix que j'ignorais. *Spring is coming*.

D'abord une petite voix. Florence, la tarologue, m'avait dit que « les intuitions sont les murmures des anges ». Et les anges, ils savent forcément de quoi ils parlent. Du coup, je m'inscris à un stage pour développer mon intuition, avec une pro, Catherine B. Elle en connaît un rayon sur le sujet et pense que notre inconscient en connaît un rayon sur nous. À l'entendre, une part de nous saurait en fait ce qu'on veut. Catherine nous donne des exercices et nous apprend à interroger nos intuitions et nos rêves, qui sont comme le CNN inconscient de notre cerveau. Elle nous amène à tendre l'oreille et à écouter, non plus les autres, mais au-delà des mots, l'intérieur de nous-mêmes.

Puis une plus grosse voix. La première chose que m'a soufflée mon intuition quand je l'ai allumée fut de m'inscrire à un cours de chant. Toujours rêvé, jamais osé. Un matin, on termine la douloureuse séance d'essai, et la prof me dit que la prochaine fois, il faudra que je vienne le soir, c'est mieux pour les grosses voix comme la mienne. J'ai failli m'étrangler, ce qui n'est pas du tout pratique pour chanter, et puis j'ai continué. Un cours par semaine au 35, rue Saint-Roch. Une vieille bâtisse en briques plantée là, pleine de salles de cours, du chant, du théâtre, des pièces vides avec juste une barre de danse, des chaises et un piano, des parquets sombres et grinçants, des petites annonces collées partout, des élèves qui entrent, sortent, qui squattent les escaliers. The High School of Performing Arts… à Paris. Du fond de ma Sibérie, j'avais retrouvé un de mes cailloux égarés.

Le 35, rue Saint-Roch

Mouvement

Au final, combien de temps ça dure, l'hiver d'un late bloomer ? De nouveau, la jurisprudence est limitée. Ce n'est pas comme un hiver normal, il n'y a rien d'écrit sur le calendrier. On ne sait pas vraiment. La vie finit par se réveiller et nous secouer. Et on se remet en mouvement. Je ne peux partager que ce qui m'est arrivé. J'ai fait un pas. De géant. J'ai acheté un appartement.

Je traînais la patte depuis plusieurs années. Le métronome tiquait. Acheter un appartement, seule, à Paris ne me semblait pas envoyer le bon message et je ne voulais pas embrouiller davantage l'univers, qui déjà me boudait. Non, moi, ce que je voulais, c'était rencontrer un homme et partir vivre avec lui à New York. Bien formulé, normalement, ça devait marcher.

Jasper Johns – juste avant d'être cassé

Finalement, après en avoir beaucoup visité, j'ai trouvé. C'était doux-amer. Je m'installais dans cette vie, mon rêve d'amoureux et d'États-Unis se dissipait. D'ailleurs, le seul objet qui a été cassé pendant le déménagement, c'est mon poster de Jasper Johns, celui du drapeau américain. C'était ça, désormais, ma réalité. J'ai emménagé un 12 janvier, au beau milieu de l'hiver.

I Sing the Body Electric
Fame

I sing the body electric
I celebrate the me yet to come
I toast to my own reunion
When I become one with the sun

Le maître-nageur

Numérologie : *Année personnelle* 6
Amour, famille, foyer, responsabilités,
recherche d'harmonie

« Le bonheur des uns fait le malheur des autres. » Ou l'inverse. J'ai vérifié, cette citation est souvent attribuée à Voltaire dans son *Candide ou l'Optimisme*. Je l'aime encore moins que les dictons que j'ai précédemment houspillés. Sans doute parce qu'elle est loin de m'être étrangère. *Les autres ont ça et pas moi, les autres font ça et moi pas*. Jalousie, frustration. Des émotions tout à fait respectables, qui sont partagées par tout un tas de late bloomers. Mais pas seulement. *Ah ah !* Eh oui, pour les late bloomers on s'en doute, ce n'est pas simple de voir la saison défiler, l'été s'installer et les fleurs se gorger de beauté comme des femmes enceintes

La rue des Martyrs

aux joues toutes rosées. Tandis que nous, on s'efforce de faire des travaux relou, avec un cocktail d'ouvriers russes, de vodka et de poisson fumé, dans un nouvel appartement, qu'on n'a pas encore appris à aimer.

Mais pour leur entourage, voir les late bloomers se dépatouiller, se chercher et au final réussir à... changer – tadah ! –, ça peut aussi être compliqué. « Mais pourquoi tu changes ? Tu es très bien comme tu es ! » Euh non, ça fait juste six mois que je suis au bout de ma vie, si t'as pas remarqué. « Au moins, si tu étais restée avec moi, tu aurais une carrière ! » Oui, enfin je serais surtout morte d'ennui dans un bureau, et puis regarde tout ce que je n'aurais pas fait !

Et là, le late bloomer peut se retrouver à devoir expliquer, de préférence en gardant son calme, que s'il change, c'est pour suivre un chemin qui, certes, ne mène pas à son épanouissement le plus complet pour l'instant, mais qu'il a bon espoir, la plupart du temps, et qu'il a plutôt besoin de soutien. *Si possible*.

Au fond, la vraie question est politique : est-ce qu'il y a assez de joie pour tout le monde ? Si je prends ma part du gâteau, est-ce que je vais en priver quelqu'un ? La lutte des classes du bonheur. Le conflit éternel entre les nantis et les déclassés de la gaieté. Si je décide de vivre ma vie, de m'autoriser à avoir du succès, à partir, à aimer, à créer, est-ce que certains en pâtiront ? Il paraît que non. Ce serait même l'inverse, selon pas mal de sources que j'ai recoupées. Il y aurait, quelque part en chacun de nous, une abondance de joie. Et quand on se libère et qu'on cherche à être heureux, ça peut générer des réactions assez révolutionnaires chez les autres.

Mon prince et moi, par ma filleule Bertille, 5 ans

Mon amie Anne me l'a confirmé quand elle a étudié la thérapie systémique. Tout groupe humain est un système. Le système se nourrit de la stabilité des individus qui le composent, et si l'un d'eux se met à bouger, c'est le système tout entier qui est affecté. En gros, si je bouge, tout mon monde bouge. Ma famille, mes amis, mes collègues, ma communauté. C'est bien pour ça qu'en général le système se défend rageusement contre le changement. Mais ça peut être très positif. Quand quelqu'un se libère de ses entraves, c'est contagieux et d'autres peuvent s'en inspirer. *Well, well.*

Perso, j'étais tranquille, j'avais dans mon équipe quelques alliés de poids.

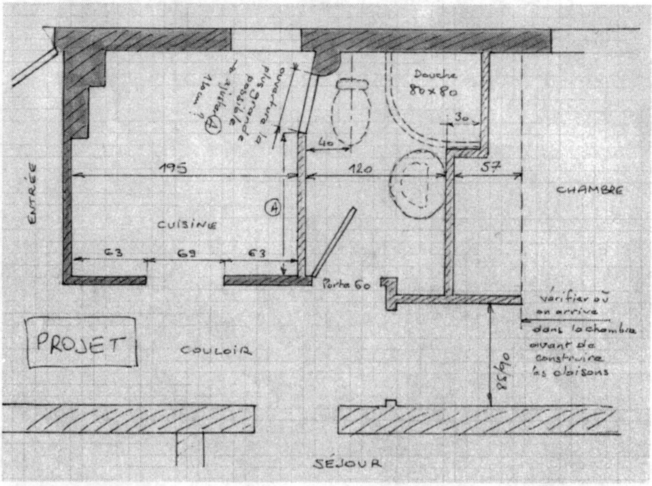

153e plan dessiné par mon père
pour mon appartement

Malgré la meilleure volonté, il est quand même difficile d'éviter de se comparer aux autres quand on ne s'est pas encore réalisé. Et de tout ce qu'il m'a été donné d'entendre pendant cette décennie, c'est sans nul doute cette douce et simple parole de Florence, la tarologue, qui m'a le plus profondément rassurée.

« Les choses les plus difficiles pour nous sont celles qu'on est venu travailler. Il ne sert à rien de se comparer aux autres, on ne sait pas d'où ils viennent et on ne connaît pas leur chemin, c'est très intime, un être vivant. »

On ne sait pas. Pourquoi certains individus font des enfants avec une facilité déconcertante quand d'autres peinent à engendrer ? Pourquoi certains sont pourchassés par les maux ou les maladies ? Pourquoi l'argent ne quitte pas certains et n'atteint jamais d'autres, parfois au sein d'une même famille ? Pourquoi certains attirent l'amour et d'autres, la solitude ? On n'en sait rien. Donc autant oublier les comparaisons.

« Les choses les plus difficiles pour nous sont celles qu'on est venu travailler. » Je pense aussi que c'est pour cette raison qu'on est tous, les quelques milliards que nous sommes, si attachés à l'idée du travail. On l'a transposé dans les usines, les bureaux ou la maison. On en a fait une condition de notre statut social, mais moi je pense que c'est plutôt la condition de notre statut d'humain. Cette idée de travail est au cœur de notre être. Je le crois, nous sommes ici pour faire un travail, sur nous, pour réaliser quelque chose et grandir. Florence me dit : « Tout ce qu'on vit nous fait grandir. »

Les relations

Attention, ça se corse. S'il s'agissait uniquement d'arrêter de se comparer ou de se laisser influencer par les autres, on serait bien. Et ermites. Mais non. Les autres ont un rôle de premier plan à jouer dans notre réalisation, digne pour certains d'être oscarisé.

Cette année-là, j'ai fait une rencontre cybernétique capitale. Marianne Williamson, que je décrirais, faute de mieux, comme un pasteur œcuménique, bien implantée dans son temps et non dénuée d'humour. Son dada, c'est les relations humaines. Pour elle, le moyen le plus efficace pour grandir, depuis la nuit des temps, est de se frotter aux autres. « *Relationships are assignments.* » Les rencontres, les relations que nous nouons, nous sont attribuées directement par le Central Casting, l'univers en l'occurrence, qui choisit pile-poil la personne à nous mettre entre les pattes pour nous titiller là où ça fait mal. Si on s'en sort bien, le nœud se dénoue. Et sinon, le directeur de casting nous envoie une autre personne ou situation pour nous faire bosser jusqu'à ce qu'on se libère. Pour Marianne Williamson, tout se résout en général quand on mise sur l'amour plutôt que l'ego, qu'on accepte l'autre comme il est et que, en cas de défaut ou de coup dur, on arrive à lui pardonner. Ambitieux.

Sur le coup, j'avais pris l'option ermite. J'étais trop occupée à gérer cette coquille vide que constituait mon appartement et sillonner les enseignes de mobilier et de lavabos. Puisque c'était ça, mon destin, vivre seule, dans cet endroit, pour toujours, j'allais m'assurer d'y être bien. *Drama Queen*. Je me réfugiais dans ma bulle de savon et je ne laissais pas les autres s'en approcher de peur qu'ils ne l'éclatent au grand jour.

Et puis il faut dire que le directeur du Central Casting m'avait refourgué quelques rencontres épineuses, j'avais dû sortir les griffes. La première était un garçon rencontré dans un bus, et dont j'aurais dû me méfier dès la phrase d'accroche : « Oh, mais qu'elle est mignonne. » Machiavel aurait été fier de lui, un vil manipulateur de l'âme. Au bout de quelques rendez-vous, j'avais l'impression qu'un alien gluant me dégoulinait sur la peau et que toutes mes valeurs les plus chères avaient été écrabouillées par ses propos pleins de poison. Adios. Puis un ou deux autres qui manquaient franchement de transparence sur leur statut matrimonial. Enfin quelques énergumènes qui n'en finissaient pas de tergiverser, à tel point que j'ai dû leur demander, en hommage à Melanie Griffith, « d'ôter leur pétard osseux de mon soleil[1] ».

Le grand bain

Quand on a bu deux, trois fois la tasse, on peut vite se retrouver à éviter le grand bain de la

1. *Working Girl*, Mike Nichols, 1988.

relation, de peur de couler. Relation. Je me suis penchée sur ce mot. C'est toujours bizarre quand on atterrit sur un mot qu'on survole depuis toujours. On a d'abord besoin de plisser les yeux, de le décortiquer, de n'y voir plus que des lettres, d'en oublier le sens et puis tout à coup, il resurgit, massif, tout d'un bloc. Bam. RELATION. Et surtout en trois dimensions. En profondeur. La profondeur de la relation.

Pour savoir si une relation est profonde, il faut se jeter à l'eau et se mettre à poil ou presque. Ça, je ne le faisais pas. J'étais très bien sur le bord, en maître-nageur, armée de mon écoute, de ma gentillesse, de mon empathie, très douée pour maintenir les autres à flot dans l'illusion que j'étais moi aussi, avec eux, dans le grand bain de la relation. Mais en vrai, moi je n'y étais pas.

Attention scoop nautique : il s'avère qu'écouter, ce n'est pas assez pour être dans une relation avec celui qu'on écoute. Non, non. Pour y être, il faut aussi parler, se raconter, ouvrir son monde. Laisser la peur et la honte de ne pas être intéressant, ni aimé, au vestiaire avec le reste de ses affaires. Rien de moins que le dos crawlé mixé à la nage papillon, en ce qui me concerne.

Dans une conférence TED très drôle, puis dans son livre *Daring Greatly,* Brené Brown décrit ses travaux de recherche sur la vulnérabilité. Elle a interviewé pendant six ans des centaines d'individus et découvert que les gens les plus heureux sont ceux qui montrent leur vulnérabilité. Montrent. Leur. Vulnérabilité. Elle les appelle les « *whole-hearted* ». Littéralement ça veut dire « cœur plein ». Sans réserve. De tout cœur. Au milieu du grand bain.

La condition masculine

Le directeur du Central Casting a du pif. On peut lui reconnaître ça. Il vous a forcément déjà présenté quelqu'un qui vous a gonflé au plus haut point, mais dont il y avait vraiment un truc à tirer. Le mien, c'était un soir à un dîner. Il se disait chercheur. On le disait artiste plasticien. Il me dit de but en blanc : « Bonjour, vous savez qu'on va avoir un enfant ensemble », avant de m'annoncer qu'il avait renoncé à la « condition féminine » qui l'empêchait de faire son travail.

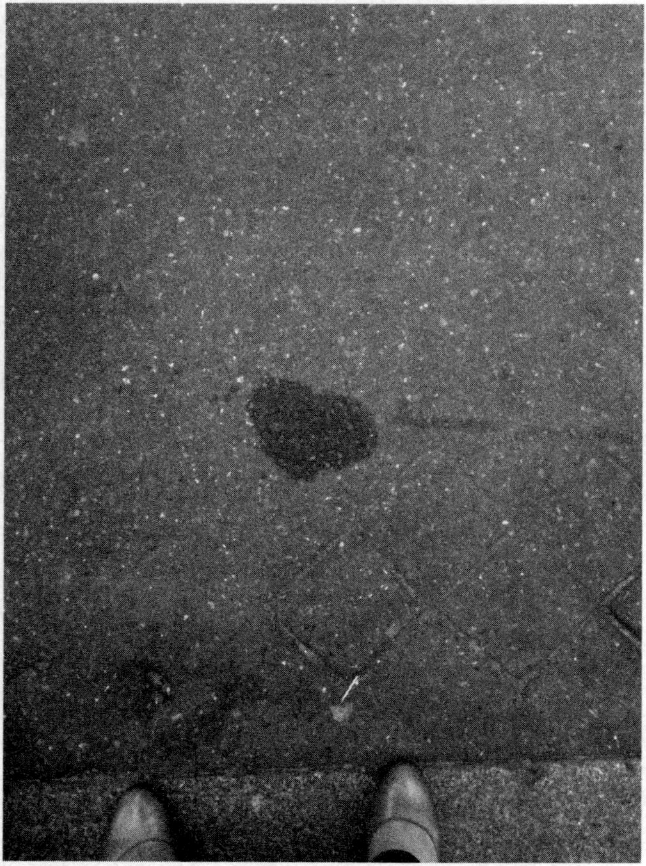

Le maître-nageur et le cœur plein

La condition masculine

Voyons si la théorie de Marianne Williamson fonctionne. Le plasticien, c'était le grand manitou du maître-nageur, la version exponentielle. Et moi le petit marmiton. C'est sans doute pour cela que le courant est passé. La première fois dans son atelier, j'ai pleuré. Je me suis assise avec ma tasse sur les genoux, lors du tout premier thé, et j'ai senti les larmes monter, comme pour mettre du lait dans le thé. Ça ne m'a pas gênée, ça m'a intriguée. Lui en revanche, bien élevé, était embarrassé. Je sais ce que c'était. C'était un accès à quelque chose. Être en sa présence ne m'impressionnait pas, ne m'effrayait pas non plus. Ça me connectait. Comme lui, je cherchais. Et j'avais, moi, renoncé à la condition masculine, persuadée qu'elle m'empêchait de (me) trouver.

Le plasticien n'était pas toujours aimable, mais à force de se fréquenter, il s'est bizarrement passé quelque chose. On a tissé un lien. Sans attente, sans explication, juste avec respect. On n'était pas ensemble. Mais là où on était, on y était de tout cœur. On revenait de loin, en tout cas moi.

Le club de natation

Qui sont donc ces gens qui plongent dans nos vies ? Certains nous barrent la route, d'autres nous montrent la voie, d'autres encore sont juste là, comme les badauds du Tour de France, à nous encourager, à nous stimuler. Qu'on le veuille ou non, les gens sont sur notre chemin et les late bloomers ont tout intérêt à s'y confronter pour dénouer les petits et gros nœuds relationnels qui les empêchent d'avancer. Pas toujours simple, j'en conviens.

Je ne vais pas vous lâcher dans le grand bain sans une bouée. Mieux, une leçon de relation. C'est une méthode mise au point par Marshall Rosenberg et expliquée très efficacement par Thomas d'Ansembourg dans son livre *Cessez d'être gentil, soyez vrai !*. La promesse est irrésistible : on peut dire les choses, dans la bienveillance, sans que l'autre ne se sente agressé et surtout, CQFD, en approfondissant la relation. Le top. L'astuce, c'est de parler de soi, sans jamais mouiller l'autre, car « le tu tue ». Commencer par les faits, expliquer son ressenti, exprimer son besoin et proposer une voie pour le futur. Il y a un moyen mnémotechnique pour s'en rappeler : tête-les faits, cœur-le ressenti, ventre-le besoin, jambes-la solution. J'ai fait ma première tentative avec une copine, après deux semaines de préparation d'un petit laïus pacifique qu'elle a écouté sans broncher. À la fin, elle m'a juste dit : « Merci de m'avoir expliqué tout ça, je ne m'en étais pas rendu compte. Et sinon on se voit bientôt ? »

Et puis, si les gens qui croisent notre chemin ne sont décidément pas à la hauteur, il faut en choisir de nouveaux. Mon amie Jessica, qui se cache derrière le métier de coach pour exercer sa vraie profession – fée – m'a prêté une de ses idées, son « club de vie ». Elle m'explique qu'il s'agit d'un club très fermé, créé par un individu – soi-même – qui se réunit uniquement sur le papier, et qui n'accepte que les personnes qui lui apportent de l'énergie, de l'inspiration ou du soutien. « Tu as le droit de mettre absolument qui tu veux dans ton club de vie. » Vrais ou fictifs, vivants ou trépassés, proches ou lointains. On peut faire des tas de choses avec ces membres : les convoquer quand on a besoin d'un avis, « tiens, que dirait Winston Churchill de mon différend avec machin ? » ; ou les solliciter quand on cherche l'inspiration, « comment Marcel Duchamp aurait-il conçu cette présentation client ? »

Du coup, j'en ai ouvert un. J'y ai mis ceux qui rient à mes blagues. Et aussi Tina Fey, Kristen Wiig, Winston Churchill, Patti Smith, Diane Keaton, Jésus-Christ et Oscar Wilde. Oscar m'a d'ailleurs beaucoup réconforté l'autre soir, autour d'une caïpi, quand il a eu ce mot : *« Selfishness is not living your life as you wish. It is asking others to live their lives as you wish. »* L'égoïste n'est pas celui qui vit comme il lui plaît, c'est celui qui demande aux autres de vivre comme il lui plaît.

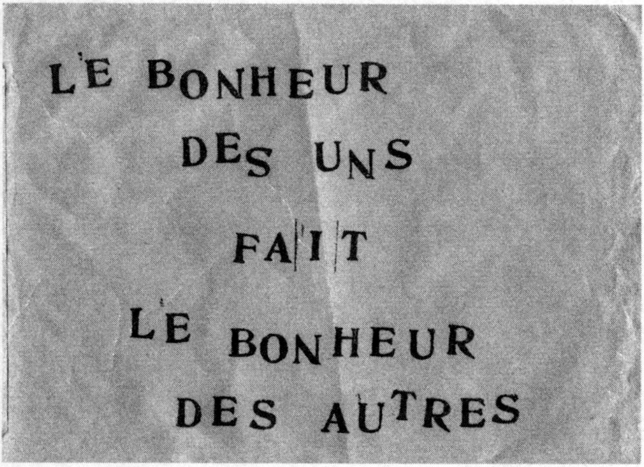

Encore un extrait de ma collection
de pensées recyclées

Révélation végétale

Numérologie : *Année personnelle 7*
Année sabbatique, intériorisation,
ouverture spirituelle, faire le point

Le miracle

« *Life is very long.* » La vie est très longue. C'est le poète T. S. Eliot qui l'a écrit. La route est longue en effet, surtout quand elle s'étire de loin en loin. Pour nous, les late bloomers, les haltes sont les bienvenues. Faut souffler. Faire baisser la pression. Le jour où j'ai commencé à photographier des objets perdus qui essayaient de se faire la malle dans la rue, j'ai su que j'avais besoin d'un break. De changer mon horizon. J'ai décidé de sauter une année, comme on saute une classe. Rien tenter, rien attendre. Juste me laisser embarquer. Retourner aux États-Unis. Partir voyager en Australie. Et ne pas penser. Une année sabbatique. Une pause, pas du boulot, mais de moi-même.

Les faits

16 janvier. Début d'année, prémonition, je plante le décor. Ou plutôt mon ouvrier a planté mon décor. J'avais commandé un papier peint tout fleuri sur un site. Trois rouleaux pour le long couloir étroit affublant mon entrée. Je demande à ce garçon s'il est à l'aise avec la pose de papier peint. Aucun souci, il me dit. Je le laisse travailler. Je rentre deux heures plus tard, pénètre dans l'entrée, il a posé les deux tiers du papier et là j'ai une réaction familière. *Wow, trop bien !* C'est pile comme ça que je l'avais imaginé. Puis très vite, un truc qui gratte. Ça ne collait pas. Je m'approche pour y regarder de plus près et je comprends. Mon jeune ami avait collé les lés de papier peint les uns à côté des autres, sans faire les raccords.

Libre interprétation du collage du papier peint Bindweed (Ferm Living) par mon ouvrier

Février. Je pars en vacances à New York avec Caroline et Adélaïde, une douce amie toute neuve, et je découvre Williamsburg. Le petit banc au bord de l'eau sur 4th Street. La librairie Spoonbill & Sugartown sur Bedford. Je fourmille d'idées et d'inspiration, j'achète des livres et des livres, à tel point que ma valise est en surpoids. Une semaine plus tard, je rentre à Paris, dépose la pile dans l'entrée rafistolée et sombre dans la morosité. Trois mois après, les livres n'ont pas bougé. Et je n'ai pas l'ombre d'un projet.

Juin. De guerre lasse, je prends rendez-vous avec Rosine, une astrologue qui m'est conseillée par Raphaëlle. Elle m'annonce de but en blanc qu'il ne faut pas que je m'inquiète, que je suis une late bloomer, que tout va m'arriver plus tard dans la vie. Elle me prédit une rencontre avec un homme en lien avec l'étranger.

Août. Je fuis de nouveau aux États-Unis. Là-bas, un ami commun me met en contact avec un de ses copains new-yorkais : *« You two should meet ! »* Ce bel Américain me propose de prendre un verre dans son quartier. Williamsburg. Je rentre à Paris enchantée du souvenir de ses grandes et belles mains qui virevoltaient autour du *chilled white wine* à l'Hotel Delmano.

Novembre. L'Américain me contacte pour m'annoncer qu'il vient séjourner une semaine à Paris. Il sera même à quelques encablures de chez moi. On se voit, on se plaît, puis il s'envole chez lui. Et moi pour l'Australie.

Décembre. Je rejoins l'Américain à New York. Il me donne son adresse – Williamsburg, 4th Street, un des grands immeubles posés au bord de l'eau. Il n'est pas chez lui, mais il a confié ses clés à son gardien. Je prends l'ascenseur jusqu'à un étage élevé. La porte s'ouvre sur un long couloir d'hôtel, que j'emprunte sur la droite. C'est le début d'après-midi, ma tête est embrumée. Je pousse la porte F. Une odeur. Familière. Une grande pièce. Un mur de baies vitrées plongeant sur la rivière et devant, Manhattan. Un ciel bleu limpide. Un grand sapin vert foncé qui attend d'être décoré. Je m'approche de la baie vitrée, en bas, je vois mon petit banc.

Terre promise

Il y a dans le tréfonds de chaque late bloomer une terre promise. Un lieu, une situation, une personne, un événement qui va résoudre notre équation. Le jour où. Le jour où ça adviendra, on sera arrivé à destination. On sera enfin au bon endroit. Et on le saura. Cette année-là, j'ai vécu ni plus ni moins mon rêve fondateur et américain. Mais plus que ça, j'ai vu ma confiance en la vie toute chamboulée.

Ce n'est pas encore ça, le miracle que j'ai promis. Mais c'est déjà grand. Si je retourne à mes carnets de doléance du temps où je découvrais *The Secret*, tout y est, sans compter les prévisions de Rosine. En mieux. Et puis les signes, l'odeur, le banc. J'avais tout à coup, comme ça, sans rien faire de plus, littéralement tout ce dont j'avais rêvé. Le bel Américain parlait très bien français, il aimait l'art, voyager, lire, cuisiner, les gens. Plus que tout, il était extrêmement curieux. Notre relation était maladroite, mais ce qui nous rapprochait était l'envie de vivre cette histoire transatlantique, excitante, inattendue.

L'Américain vivait à son rythme qu'il accordait à ma présence. Et j'aimais cela. Il avait des habitudes new-yorkaises étonnantes, comme donner rendez-vous à un ami pour un match de tennis à 5 heures du matin ou descendre chercher son café avec un mug dans un des coffee shops en bas de chez lui, alors qu'il avait une machine et des tas de sortes de café dans son placard. Je me suis pourtant prise au jeu de descendre acheter le *New York Times*, et d'en partager ensuite la grosse liasse en lui attribuant la partie financière et en gardant les « Opinions » – c'est ainsi qu'on appelle le feuillet contenant les éditos – pour moi-même.

Aux anges

Nous avons chacun fait plusieurs allers-retours. Lors de ce premier séjour, la ville était magnifique, elle sentait la neige mélangée au bleu. Maman dit souvent que rien n'égale les ciels d'hiver de Nouvelle-Angleterre qu'elle a connus en grandissant. Un bleu pur et intense. Le MET, l'exploration de Brooklyn, le parc, la visite de maisons. *Yep*. Des soirées de Noël, auxquelles on se rendait en parcourant les rues illuminées d'un New York de conte de fées. Je m'ennuyais un peu à ces soirées, où personne ne me parlait. Mais je m'en fichais bien, j'étais aux anges. Littéralement. Un soir, alors que j'enfilais mon manteau pour partir, dans l'entrée d'un beau loft du Village, un garçon tout simple et souriant m'aborde. Simon. Il me glisse qu'il est poète. *« You need to read* The Artist's Way. *»* Et il s'éclipse. Le lendemain, je file chez McNally Jackson Books, une librairie extra dans le quartier de Soho, où trône une presse. Mais oui ! Celle où j'ai fait imprimer, cette même année, les exemplaires du livre de ma grand-mère pour ma famille. Là je trouve *The Artist's Way*.

Il va sans dire que Simon était non seulement un poète, mais aussi un ange. Les mieux. Ceux qui sortent de nulle part et qui vous apportent pile l'information ou la réponse qu'il vous faut.

The Artist's Way est en quelque sorte un manuel de créativité, un grimoire jeune d'une quarantaine d'années, sur lequel les créatifs et artistes bloqués ou en devenir se font la main. Le livre a pour vertu de débloquer, pas d'enseigner. L'auteur offre un parcours de réflexion et d'exercices de douze semaines et surtout elle partage deux pratiques à adopter avec une discipline militaire. La première consiste à rédiger chaque matin au réveil ses *morning pages*. La douche intellectuelle. Trois pages d'écriture libre pour nettoyer les pensées négatives. La seconde consiste à s'offrir toutes les semaines une *artist's date*, un rendez-vous artistique avec soi-même – tricot, expo, balade, ce qu'on veut. Je me suis imbibée de collections permanentes et temporaires, et j'ai été extrêmement loyale aux *morning pages* – rituel du matin qui a juste détrôné le début de *Télématin* (que je regarde pour le coup religieusement, là, c'est dit).

Le cœur du sujet

Je suis passée vite, mais je sais que vous l'avez noté. Après tout, c'est le cœur du sujet. Late bloomer. Ce jour-là, en sortant de ma séance chez Rosine en plein XVIe arrondissement, un beau jour fleuri, je me suis remué les méninges pour trouver le mot français. To bloom, c'est fleurir, éclore. Late, c'est tard, en retard. Ceux qui éclosent en retard. Non décidément, je n'arrivais pas, dans nos expressions, à retrouver cette douce notion, végétale, florale, naturelle, qui poussait derrière les mots late bloomers. J'ai vite compris dans les jours qui ont suivi que cette notion ne trouvait pas sa traduction.

Est-ce que Rosine était un ange pour moi ce jour-là ? À n'en point douter, puisqu'elle a changé le monde, à mes yeux. C'est le miracle dont je vous parlais. Tout à coup, une nouvelle perspective. L'espoir. Non, ma vie n'était pas terminée sous prétexte que je n'avais pas trouvé ma place. Ma place était à venir, c'était un horizon. Mais plus que cela, le champ de bataille a disparu, au moins momentanément. Le champ de ruines, de quêtes inachevées, de combats perdus contre moi-même ou d'autres, la litanie de questions sans réponses, tout cela se transformait et ce qui apparaissait avait tout l'aspect d'un jardin. Late bloomer. Un jardin avec des fleurs en toute saison, de toutes saisons. Tout dépendait de ma confiance. Dès qu'elle me quittait, je me retrouvais téléportée sur le champ de bataille au ciel orange et tortueux. Dès que je la rappelais, j'étais dans le jardin apaisant.

Le sens

J'étais toute à mes réflexions quand je tombe sur CNN et une *Breaking News*. Un homme lourdement armé s'est introduit dans une école à Atlanta, les médias sont sur le qui-vive mais l'affaire semble résolue. Une femme est interviewée.

L'agitation est intense, et je comprends qu'elle était à l'accueil au moment où l'individu armé est entré dans l'école et qu'elle sort d'un huis clos de plusieurs heures, seule face à lui. Elle a réussi à lui faire rendre les armes, sans que personne ne soit blessé. Cette femme, Antoinette Tuff, a par la suite écrit un livre pour raconter cette expérience – *Prepared for a purpose*. C'est une phrase qu'elle a prononcée dans l'interview. On lui demandait ce qu'elle avait dit à cet homme pour le détourner de sa macabre entreprise. Elle a répondu : « Je lui ai parlé des épreuves que j'ai rencontrées dans ma vie. Et maintenant je sais que tout ce que j'ai dû affronter jusque-là n'avait qu'un sens, me préparer à ce jour. »

Cette femme est très pieuse, et pour elle, tout ce qui s'est passé portait la main de Dieu. Bien que je ne partage pas sa ferveur, j'ai été bouleversée par le regard qu'elle a porté, grâce à cet événement, sur ce qui lui était arrivé. Elle a tout connecté, cet épisode héroïque a donné un sens à ce qu'elle avait traversé de plus difficile auparavant. Ce qu'Antoinette a apporté à ma propre réflexion, c'est l'idée d'être préparée. D'embrasser la douce croyance que ce qu'on vit nous prépare à ce qu'on doit vivre. Il y a un côté actif, assumé, volontaire, optimiste. On ne sait pas pourquoi les choses nous arrivent, mais elles plantent en nous une graine qui, un jour, nous poussera au bon moment. *Slumdog Millionaire*.

La création

Il était une fois. Depuis le tout début, je meurs d'envie d'utiliser ces mots. Ça ferait du bien. Je repensais à ces objets perdus qui se faisaient la malle et qui n'arrêtaient pas de croiser ma route à Paris. Que de fois je me suis demandé comment les raconter. Quelle est leur histoire ? Qui les a laissés là ? Comme quand j'étais enfant : *Tu vois, la mallette, on dirait qu'elle a pris la fuite, parce qu'elle en avait marre de transporter des papiers pas intéressants. On dirait qu'elle s'est libérée.*

Ici, je raconte une tranche de ma vie. Pour concevoir ce récit, j'ai dû reconstituer une décennie à partir de pièces éparpillées, comme un grand puzzle. J'ai repris les faits et je les ai connectés comme bon m'a semblé. Comme dans une série. J'aurais pu faire d'autres recoupements, trouver d'autres liens et choisir d'autres épisodes. Et arriver à une tout autre conclusion. En fait, il n'y a pas qu'une manière de percevoir et de raconter sa vie. Les late bloomers ont parfois tendance à voir les choses en gris. « J'arrive pas à croire que j'en suis encore là, c'est la lose. » Mais on n'est pas obligé. On peut aussi décider de se raconter une tout autre histoire.

Ce qui m'a permis de poser ce récit, c'est, pour partie, un coaching que j'ai mené avec mon amie Jessica. Constatant que je tournais en rond et que je n'arrivais pas à accoucher d'un projet, elle avait fait appel à l'Approche Narrative, lors de nos séances, pour m'aider. Il s'agit d'une technique diablement efficace, créée par Michael White et David Epston, qui part du principe que l'on est parfois enfermé dans une histoire que l'on se raconte – exemple : « Je suis indécise. » En décortiquant les faits avec le coach, on prend conscience que cette histoire ne correspond pas à la réalité – on a pris des décisions fortiches dans le passé – et on choisit d'adopter une autre version, plus satisfaisante et plus juste. « Je fais des choix courageux. » L'objectif est d'aider la personne à écrire une histoire alternative, qui lui permet de se déployer. Chic. Grâce à ce travail, j'ai vu le puzzle de cette décennie se dessiner sous un nouveau jour. De mon point de vue, pour un late bloomer, reprendre en main le récit de sa vie, c'est un acte fort, un acte créateur.

Il était une fois. De là à faire du récit de sa vie un acte créatif, il n'y a qu'un pas. De nombreux artistes s'y sont aventurés, et une en particulier. Patti Smith dans son livre *Just Kids*. Je l'ai lu par hasard, l'été où j'ai rencontré l'Américain, à quelques rues du Chelsea Hotel, où il se déroule en partie. C'est un *memoir* – en français on dirait une autofiction, mais c'est moins joli –, le récit d'une tranche de sa vie, celle où lui est née sa vocation tout doucement, tout simplement, au gré des rencontres et des désirs qu'elle a noués. Sa lecture m'a longuement inspirée et convaincue d'utiliser cette forme d'écriture pour partager la mienne.

Une année décisive s'achevait et pourtant une année de lâcher-prise. J'ai terrassé cette spirale négative qui me coulait, et j'ai adopté une nouvelle perspective sur mon existence.

Dans son livre, Patti Smith partage au tout début une anecdote sur sa mère qui lui disait de toujours prêter attention à ce qu'elle fait le 1er janvier, car c'est déterminant pour le reste de l'année. *« I thought of my mother saying, that what you do on New Year's Day will foretell what you'll be doing the rest of the year. »* Après mon séjour chez l'Américain, il me fit la surprise de me rejoindre à Paris pour fêter le Nouvel An.

L'Américain était lui aussi un late bloomer. Il entrait dans une nouvelle phase de sa vie, une ère de transition, d'exploration, il savait ce qu'il quittait, un job qui avait perdu son sens, mais il ignorait complètement où il irait, ne serait-ce que géographiquement. Il avait vécu des années à New York, mais sa Californie natale lui manquait. Peut-être que cette question qui flottait fut un premier craquement dans notre relation. Avant même que ça ne devienne un sujet, cette idée de m'éloigner autant de l'Europe me troublait.

Il était si grand dans mon petit appartement. Le voir ici me rappelait comme la France était petite physiquement. Et confortable et douce. Il était si grand qu'il était obligé de slalomer pour éviter l'abat-jour dans l'entrée. Et comme cette entrée trafiquée par mon ouvrier, chaque fois que je pensais à ma relation avec lui, mon premier réflexe était toujours : *Wow, trop bien !* C'est pile comme ça que je l'avais imaginé. Puis très vite, un truc qui grattait. Ça ne collait pas. Comme si quelque chose entre nous n'était pas complètement raccordé.

Le 1er janvier, nous sommes allés voir une exposition appelée *The Happy Show* à la Gaîté Lyrique[1]. Puis on est rentré chez moi et on a cherché un film à regarder. On a fait plusieurs fois le tour et, va savoir pourquoi, on s'est posé sur un film récent, avec Meryl Streep et Philip Seymour Hoffman. *Doubt*.

Happy. Art. Doute.

1. *The Happy Show*, Stefan Sagmeister (http://thehappyshow).

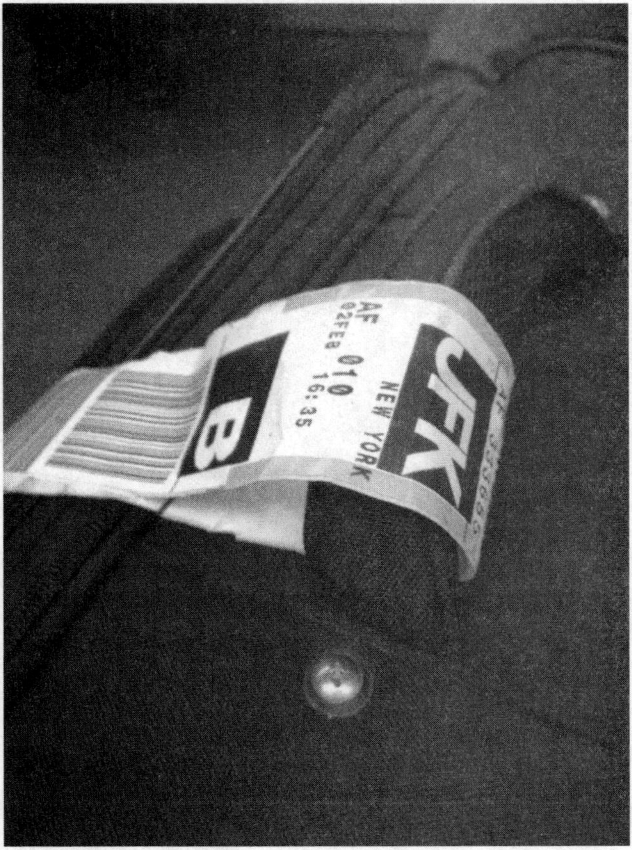

Terre promise

Far Far
Yael Naim

How can you stay outside ?
There's a beautiful mess inside

Les murs invisibles

Numérologie : *Année personnelle 8*
Construction, concret, élévation,
récolter ce qu'on a semé, vie matérielle, argent

Le chemin de la croissance

J'ai un peu l'air d'errer comme ça, mais il fut un temps où j'étais bien calée sur le chemin de la croissance. Un chemin carré, balisé, validé. *The Path to Growth*. Le nom du plan stratégique dans ma première entreprise. Fallait gagner en productivité. Gare aux marques mal-aimées ! Cela m'a pris des années pour, encore une fois, comprendre le sens de cette expression. Aujourd'hui, j'ai même un dossier sur mon ordinateur qui porte ce nom.

On devrait trouver un autre mot pour la croissance du coup. La croissance personnelle. Je sais que c'est dommage de céder sur un mot, on en a déjà abandonné d'autres, « beauté » au marché des crèmes, « luxe » aux fabricants de parfums ou sacs à main, mais pour notre propre bien, je pense qu'il faut laisser le mot croissance aux affaires. On pourrait dire le grandissement ou l'élévation. Je mesure un mètre soixante-huit et demi. Pourquoi, en effet, pense-t-on qu'on arrête de grandir quand on a atteint sa taille adulte et qu'après avoir été élevés par nos parents, on ne s'élève plus ? On ne fait que vieillir.

Des amis m'en parlaient lors d'une soirée. Ça va ? « Oh, tu sais je m'ennuie dans mon boulot, dans ma vie, certaines relations commencent à me peser, ne me conviennent plus. Je ne sais pas ce qui m'arrive. » Ce qui t'arrive, c'est que tu grandis. On grandit toujours.

On s'inquiète pour les enfants qui s'ennuient en cours. On se penche sur leur cas, on les fait changer d'école, sauter un niveau, pour éviter que leur développement soit freiné. On le sent bien, que la classe est devenue trop petite pour eux, qu'ils ont déjà appris ce qu'ils sont censés apprendre, ou qu'ils cherchent autre chose – et ce n'est pas à l'école qu'ils vont le trouver.

Mais que se passe-t-il quand un adulte s'ennuie ? Qu'il déprime, qu'il ne voit pas d'issue, qu'il se rabougrit ? Là on ne se penche pas sur son cas. On ne s'inquiète pas de son « grandissement ». Et pourtant, quelle différence ? Tu es trop grand pour ce job, pour cette relation, pour cette organisation, pour cette vie. Il va falloir songer à repousser un peu les murs.

Barbara

Après avoir terrassé des peurs, des hontes, une liste de la déception, un lion, un volcan, un P-DG, des dictons dictateurs et des ancêtres sentimentaux, je pensais avoir vaincu suffisamment d'obstacles pour avoir enfin l'esprit tranquille. La preuve, ma bonne dame, j'avais obtenu ce que je désirais le plus. J'avais réalisé mon rêve américain.

Attention, âmes de late bloomers sensibles s'abstenir. C'est le pic de l'histoire, le tournant enfin décisif du conte. Le moment où l'on se rend compte qu'on s'est un peu voilé la face ou qu'on s'est trompé. Qu'on a, sans s'en douter, cédé à la facilité. Combien de late bloomers ont commencé par atteindre leur but, leur vie rêvée, quelle qu'elle soit, pour se rendre compte une fois arrivés qu'ils ne s'y retrouvaient pas ? Entre le moment où l'objectif est posé et le moment où on l'atteint, que s'est-il passé ?

Il reste probablement un ou plusieurs monstres terrifiants qu'on n'a pas encore osé affronter. Je les appelle les murs invisibles, en hommage à Barbara, la protagoniste unique et mal barrée de *Barbara*, un film allemand de Christian Petzold, que m'a recommandé cette année-là mon vidéoclub. Un soir de grande forme, Dieu merci. À nouveau, âmes sensibles en tout genre s'abstenir. L'histoire d'une femme en Allemagne qui se retrouve seule, au milieu d'un paysage parfaitement bucolique, prisonnière d'un mur de verre. *Euh*.

Même pas en rêve

Rembobinage. J'étais si heureuse de ces séjours à New York chez l'Américain. Le Graal, enfin. Tout était doux et parfait. Je me sentais protégée. Comme si la vie m'offrait mon rêve sur un plateau – enfin, sans compter les doutes qui restaient agrippés. Le potentiel de cette relation en herbe m'électrisait.

Pareil pour le quartier. Être à New York, au cœur de Williamsburg, en terre hipster, m'a d'abord donné envie. Envie de me mettre enfin à mon bouquin. Tout le monde créait là-bas. Bières, artisanat, bonbons, chocolat. Tout était bien marketé par des barbus bien peignés. Alors je me suis lancée. Enfin, j'ai rédigé une proposition littéraire pour mon livre qui allait s'appeler *Life is Long*, dont je n'avais pas écrit une ligne. On m'avait dit, « tu vas le vendre et après tu l'écriras », facile. Je n'avais aucune idée de ce à quoi mon projet ressemblerait. Comment diable aurais-je pu le savoir avant de le faire ? À l'heure où j'écris, je trouve toujours qu'il ne ressemble à rien. À rien d'autre qu'à lui.

J'envoie le document à un agent à Londres, un super contact donné par une copine. Sa réponse est sans appel. *« I worry there isn't a compelling enough justification for your book. »* En bref, elle craignait qu'il n'y ait pas de marché pour mon livre. Mince, elle avait dû se dire que j'étais une barbue bien peignée.

Tout ça n'était qu'un rêve et je me suis réveillée. Le bel Américain et moi on s'est quittés, tous deux confondus par nos doutes et la distance qui grandissait. Là aussi, ce fut sans appel. En rentrant, je suis tombée de haut, mais doucement. Façon générique de *Mad Men*. Normal, ce n'était pas simplement cet homme qui s'évanouissait, c'était tout ce que je croyais vouloir, depuis des années. Ce que j'espérais, ce que j'imaginais dans mes rêves éveillés, à tel point que c'était réellement arrivé (bien sûr). Et maintenant, il fallait que je retourne à ma vie. Où ? Là où je l'avais laissée. L'appartement. Le travail. Paris.

Et là, les murs me sont apparus. Bien visibles. Bam.

Quand il a décortiqué le film *Casablanca* pendant sa master class, Robert McKee nous a expliqué que le réalisateur avait usé de nombreux codes visuels évoquant la cellule. L'ombre des persiennes, les chemises rayées. Son objectif était de renforcer la sensation d'enfermement du spectateur. Dans l'histoire, la ville de Casablanca pendant la guerre est censée être une prison dorée pour ceux qui s'y réfugient.

Les semaines qui ont suivi la rupture, j'ai eu le sentiment de me retrouver dans un film, enfermée dans des codes visuels qui ne me plaisaient pas, mais alors, pas du tout.

Faut pas m'en vouloir si c'est un peu crispé à ce moment-là. Ça arrive dans tous les contes. Pas d'inquiétude, on va vers le dénouement. Bruno Bettelheim, dans son ouvrage *Psychanalyse des contes de fées*, explique que « tel est le message que les contes de fées, de mille manières différentes, délivrent à l'enfant, que la lutte contre les graves difficultés de la vie est inévitable et fait partie intégrante de l'existence humaine, mais que si, au lieu de se dérober, on affronte fermement les épreuves inattendues et souvent injustes, on vient à bout de tous les obstacles et on finit par remporter la victoire ».

La question fatidique de tout late bloomer dans l'impasse est celle-ci : qu'est-ce qu'on fait quand on se rend compte qu'on s'est complètement trompé ? Moi, j'ai écrit une lettre à Dieu. Douze pages. C'était la première fois. Un soir tard. Il fallait que je vide mon sac et je me doutais qu'il serait encore réveillé. La lettre commence ainsi :

Cher Dieu,

J'ai tout fait, que puis-je faire de plus ? J'ai tout essayé, pour trouver ma voie, ma place. Et je n'y suis toujours pas arrivée. Je ne sais plus quoi faire. Je n'ai plus d'idée. J'ai tout fait.

Est-ce qu'il faut que je continue à courir après les objectifs ? Ou est-ce que depuis le temps, à force d'arpenter le chemin dans tous les sens, je n'ai pas brouillé les pistes, peut-être même que, sans m'en rendre compte, je me suis perdue ? Est-ce que finalement la place que je vais finir par trouver, elle ne sera pas complètement ailleurs et à des années-lumière de ce que j'avais imaginé ? Est-ce qu'il faut que je lâche, une bonne fois pour toutes, l'idée que je me faisais de ma vie, pour qu'enfin ma vie fasse ce qu'elle veut de moi ?

Rappel. Dans le conte, pour sortir de l'impasse, Poucet lâche les cailloux, les miettes, la maison de son enfance et accueille ce qui vient à lui, à savoir l'ogre et les bottes de sept lieues, celles qui, bientôt, lui feront faire des pas de géant. *Allez !*

Pollock

Comment on casse des murs invisibles ? J'ai pioché une ultime fois dans mon sac à malices de thérapeutes et j'ai pris rendez-vous avec Georges, le thérapeute chouette. Je savais qu'il pourrait m'aider. Il me touche à peine la main qu'il s'écrit : « Tout ce que vous ressentez est normal, le sentiment d'être perdue et d'avoir tout essayé, votre monde est devenu trop petit pour vous, c'est un changement de type 2 ! » Kezako ? C'est une théorie de Gregory Bateson, fondateur de l'école de Palo Alto, un courant de pensée et de recherche né en Californie dans les années 1950, qui explique que l'on est amené à vivre des changements de deux types au cours de notre existence, et plusieurs fois avec ça. Les changements de type 1 sont ceux que l'on mène pour maintenir notre équilibre. Il y en a qui disent que ce ne sont pas de véritables changements, parce que notre monde ne change pas.

Le changement de type 2 arrive quand on a poussé toutes les portes, qu'on a tout essayé et que la maison est trop petite. On change de paradigme, on change de monde. Ça ne se voit pas à l'œil nu, mais c'est très fort. Il paraît qu'un jour, Jackson Pollock est rentré chez lui et a cassé les murs ; c'était devenu trop petit, il avait besoin de place, il a commencé à peindre de grandes toiles. Georges me prend par la main et me guide dans ce changement. À la fin de la séance assez chargée en émotions, je lui demande, au taquet, m'apprêtant à repartir à l'attaque d'un nouvel iceberg : « Que faut-il que je fasse à présent ? » Rien, me répond-il, on suit le courant, les choses vont se faire toutes seules. Ça va me faire bizarre, car je n'aurai plus de repères, mes relations vont changer, mais ça va se mettre en place. Un nouveau monde m'attendait donc, un monde que j'allais créer, qui m'appartenait.

Peut-être qu'éclore, c'est accepter ce que l'on est. Le plus tard on l'accepte, le plus tard on éclot. Peut-être que les late bloomers du livre de l'expert du sujet, Brendan Gill, avaient finalement accepté leur destin, créé ce que la vie attendait d'eux, fait ce qu'elle leur demandait ? Peut-être avaient-ils oublié leurs certitudes et accepté de suivre le courant. Lâché. Admis, pour un temps, le vide et la solitude. Affronté enfin la peur, la honte et la culpabilité. Et c'est à ce moment-là que la vie, l'énergie, l'espoir et l'amour se sont déversés en eux.

Any other way

Finalement, est-ce qu'on a vraiment le choix ? Si on ne pousse pas les murs, on risque tout bonnement d'étouffer. « Il faut mourir d'une vie pour partir dans une autre », aurait répondu Alfred de Musset. J'ai fait une rencontre hautement poétique à ce moment-là. Maia Flore. Une jeune photographe. Pile au moment où je découvrais l'existence des murs invisibles, Maia a pris pour la couverture du magazine *Kinfolk*[1] une photo de contes de fées, où elle se met en scène, assise et comme imbriquée dans une maison de poupée, devenue trop petite pour elle.

Et puis mon ami Hugo est lui aussi parti en Amérique. On s'était toujours suivis et soutenus dans les méandres de nos parcours pas courus d'avance. Malgré tous les efforts que je le voyais déployer, sa musique peinait à éclore en France, et il avait décidé de tenter sa chance à Austin, au Texas.

Un soir, avant de partir, il m'invite à dîner chez lui, à Paris. Il avait, dans son salon, une grande table haute des années 1950 avec des tabourets de bar en skaï orange. En dégustant des pâtes, installés sur les tabourets, je lui confie mes difficultés à écrire un

1. *Kinfolk*, « The Home Issue », volume 11.

livre. Je me souviens lui avoir dit que je pensais que ça n'intéresserait ni ne toucherait personne.

Il se lève et prend sa guitare posée tout près et il me chante une chanson qu'il a composée. *Any other way*. Il y est question de n'avoir aucun autre chemin possible que celui qu'on s'est choisi, malgré la difficulté, la motivation et l'espoir qui s'évadent. Son histoire. J'étais très émue. Puis il repose sa guitare et me dit : « Tu trouves ça comment ? » Moi : « C'est magnifique. » Lui : « Je trouve ça ringard. »

Le break

Depuis le début, je parle de mon cas. Mais chaque late bloomer est différent. Certains sont patients, d'autres non. Certains sont audacieux et d'autres moins. Certains essayent beaucoup de choses pour trouver, quand d'autres attendent longtemps, très longtemps parfois, et sortent du bois juste au bon moment. Quand ils sont prêts.

J'ai mis un terme à mon éparpillement et fait le vide et le silence autour de moi. J'ai fait un break. J'avais trop accumulé d'idées, d'espoirs, d'aventures, de choses, de gens, d'analyses et de théories. J'étais à ras bord. Je m'étais bien plantée à penser que je pourrais avoir prise sur ma destinée, qu'en m'astreignant à tenter, à tester, je pourrais arriver à ce que je voulais. Ben non. J'ai vidé ma vie entièrement. Meubles, fringues, objets, rendez-vous. Et j'ai commencé à écrire.

La toute dernière chose que j'ai faite avant de commencer, c'est un mail à mon frère. Il s'était plaint récemment que « la ville le recrachait », évoquant plein de petits tracas qu'il subissait – il perdait continuellement son portefeuille, sa voiture. J'hésitais à le formuler. Je ne voulais pas lui donner de conseil, m'immiscer sans qu'il me l'ait demandé. Mais je savais quelque chose qui peut-être lui servirait. Dans mon mail, je lui raconte ce que j'ai appris de Georges et lui suggère de se renseigner sur le changement de type 2, peut-être que ça peut lui parler, peut-être même l'éclairer sur ce qu'il vivait. Je termine par un simple *« hope it helps :-) »* (en espérant que ça puisse t'aider). *Hope it helps*. C'était ça, voilà. Grâce à Nicolas, j'avais trouvé le titre et surtout la posture de mon livre.

HOPE
IT
HELPS

Any Other Way
Hooka Hey

And I've no more faith left to find
All hope has left the corners of my mind
But I can't see any other way
No I can't see any other way
No I won't see any other way

Son vrai visage

Numérologie : *Année personnelle 9*
Faire le point, dénouements, assainir,
préparer, trier, s'alléger

Le jugement

Il faut des lustres, parfois des années ou des décennies, à un late bloomer pour trouver qui il est et le courage de le montrer. Ce qui bloque le plus souvent, c'est la peur d'être jugé. Normal. Et paradoxal. Au tarot, par exemple, la carte du Jugement est très puissante. L'artiste Alejandro Jodorowsky a étudié pendant trente ans le tarot, qu'il considère comme un texte quasi sacré datant du Moyen Âge, foisonnant de symboliques, et un outil très fin de développement personnel. Dans son livre, *La Voie du tarot*, il explique le sens de cet arcane : « Après un séjour dans les profondeurs de l'inconscient, après un travail qui peut avoir été effectué dans la douleur, en tout cas dans l'ombre, une nouvelle vie s'éveille, comme une naissance ou une résurrection. » Pour lui, quand apparaît la carte du Jugement, c'est un appel quasi divin à se réaliser et surtout, « quiconque s'érige en juge ment ; il n'y a pas de jugement humain qui vaille ».

Plus terre à terre, Seth Godin, le gourou américain du marketing, parle sur son blog du jugement dans un post intitulé *« Who judges your work ? »*.

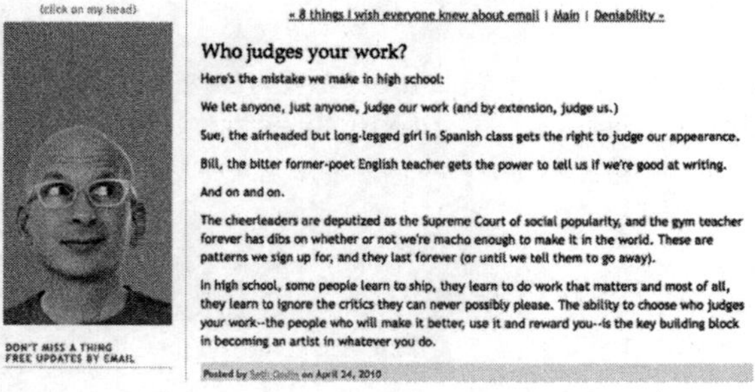

(click on my head)

DON'T MISS A THING
FREE UPDATES BY EMAIL

« 8 things I wish everyone knew about email | Main | Deniability »

Who judges your work?

Here's the mistake we make in high school:

We let anyone, just anyone, judge our work (and by extension, judge us.)

Sue, the airheaded but long-legged girl in Spanish class gets the right to judge our appearance.

Bill, the bitter former-poet English teacher gets the power to tell us if we're good at writing.

And on and on.

The cheerleaders are deputized as the Supreme Court of social popularity, and the gym teacher forever has dibs on whether or not we're macho enough to make it in the world. These are patterns we sign up for, and they last forever (or until we tell them to go away).

In high school, some people learn to ship, they learn to do work that matters and most of all, they learn to ignore the critics they can never possibly please. The ability to choose who judges your work--the people who will make it better, use it and reward you--is the key building block in becoming an artist in whatever you do.

Posted by Seth Godin on April 24, 2010

Il explique que, depuis l'enfance, on laisse n'importe qui juger notre travail et, par extension, nous-même. Le prof de français amer, ancien poète, à qui l'on cède le pouvoir de décider si on a du talent ; la fille cruche aux longues jambes, en cours d'espagnol, à qui l'on octroie le droit de nous dire qu'on ne ressemble à rien. Pour Seth Godin : « *The ability to choose who judges your work – the people who will make it better, use it and reward you – is the key building block in becoming an artist in whatever you do.* » La capacité à choisir nous-même qui juge notre travail – des gens qui vont le rendre meilleur, en faire usage et nous en récompenser – est la clé, le socle, pour devenir un artiste, un créateur dans notre domaine, quel qu'il soit.

En somme, le jugement d'accord, mais il ne prend sa valeur que si on va nous-même le chercher, chez les bonnes personnes. Encore faut-il oser leur montrer ce qu'on a fait.

Le placard créatif

Pendant mon break, j'ai fabriqué mon livre. Écrit au crayon à papier, avec des tas de papiers collés, illustré de dessins grossiers au Crayola. Deux gros classeurs. On dirait qu'il est encore vivant, rose, qu'il palpite, posé sur le bureau. Il est sorti tout d'un jet. Ce que j'aime le plus chez lui, c'est qu'il ne répond à aucune commande, aucune logique. C'est un élan.

En l'écrivant j'ai pensé très souvent à Maira Kalman, l'une de mes artistes préférées, et à ses explorations poétiques. Maira Kalman, new-yorkaise, est auteur et illustratrice. Elle écrit sur sa vie, entremêlée de celles des autres. Dans une vidéo qui raconte son travail, elle évoque une carte des États-Unis dessinée autrefois par sa mère, immigrante russe, et elle a ces mots : « *It's really not caring about having it right, it's just caring about having some kind of wonderful encounter with knowledge.* » Après avoir posé mon intention avec *Hope it Helps*, j'ai vécu immergée dans cette phrase, tant elle décrivait exactement ce qui m'animait. « Ce qui m'importe n'est pas d'avoir bon, c'est juste de vivre une sorte de merveilleuse rencontre avec la connaissance », et dans mon cas, la connaissance de soi.

J'ai rangé les deux classeurs dans ce que j'appelle mon placard créatif. Une petite armoire où atterrissent et dépérissent la majorité de mes idées. Tiens, une idée, zou, aller simple pour le placard créatif. Il est à peu près certain que là, ma prose ne risquait pas grand-chose. Et ça m'arrangeait bien. Je lui avais donné naissance en catimini et comptais bien la couver tranquillement dans mon nid. La simple idée de la dévoiler me terrorisait. Je me planquais.

J'ai repris ma casquette de consultante éditoriale pour travailler sur la convention Sephora. Et puis, le 1er janvier, par égard pour la maman de Patti Smith, j'ai décidé de le passer en grande banlieue parisienne, chez mon amie Sophie et sa famille, avec ma sœur qui avait, ce soir-là, une arête de poisson coincée dans la gorge. *Ensemble, nature, coincée*. Jusqu'au matin du 7 janvier et l'attentat contre *Charlie Hebdo* à Paris. À partir de là, et des événements qui vont suivre, mon mur invisible a commencé enfin, doucement, à se fissurer.

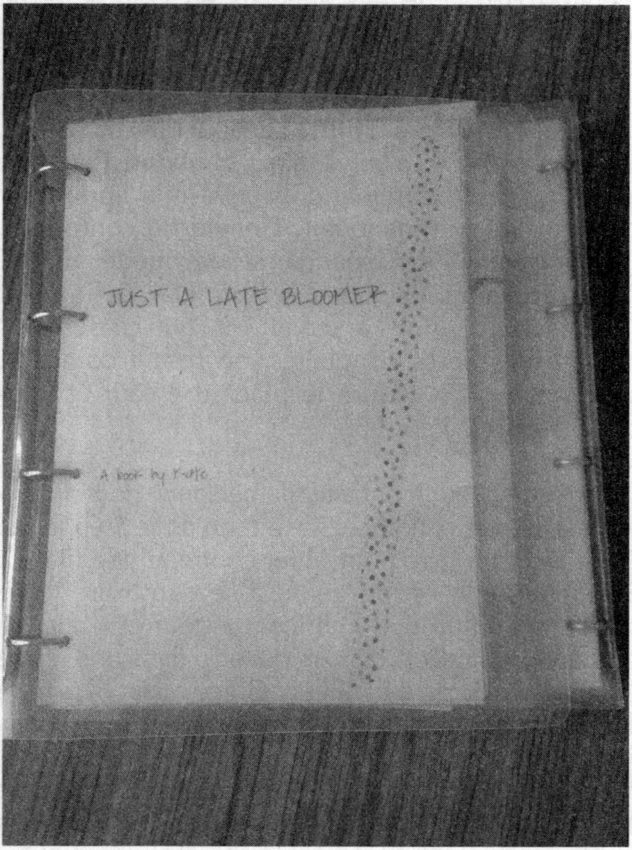

La pierre à l'édifice

L'année où j'ai enfin décidé de sortir du bois, c'était 2015, celle des attentats en France. Je ne sais pas dans quelle mesure ça a joué. Peut-être est-ce dans l'impuissance que naît le pouvoir ? Le verbe « pouvoir » dans son sens premier. Comme une source prête à jaillir. Le pouvoir sur sa vie. *Je peux, tu peux, il peut, nous pouvons*. Peut-être aussi que cette épreuve collective m'a apporté le chaînon qui me manquait. L'envie de contribuer. J'avais conquis l'indépendance, la liberté, réalisé mon rêve américain et mon projet d'écriture et finalement, à quoi ça servait ? À qui ça servait ? Moi et mes fières conquêtes, on restait coincées, seules et recluses entre le placard créatif et l'appartement qui l'abritait.

Parmi ceux qui n'ont attendu personne pour apporter leur pierre à l'édifice, il y a mon amie Stéphanie. Elle a écrit un livre pour lutter contre le gaspillage[1]. Stéphanie, elle est du genre à se construire toute seule tranquillou un lombricomposteur et à aller se procurer une meute de vers de terre dans une ferme en permaculture en banlieue. Grâce à son livre, elle a été beaucoup sollicitée, et notamment pour intervenir à une conférence pour la Journée de la femme, à la mairie de Bordeaux. Le thème était le rapport au temps. Lorsqu'elle m'annonce que ce n'est pas son truc, les conférences, je m'entends distinctement lui dire : « Si tu ne le fais pas, moi ça m'intéresse. » Elle me met illico en contact avec les organisateurs,

1. *Moins gaspiller, c'est pas sorcier*, Stéphanie Araud-Laporte.

Emma et Adrien. J'avais choisi mon sujet, ce serait les late bloomers. Et je raconterai tout haut ce que j'avais confié à mon livre tout bas.

La conférence sur le temps était programmée le 6 mars, un mois pile avant mes 40 ans. En Australie, j'avais lu – récit ou légende, ce n'est pas clair – que dans une certaine tribu aborigène, on ne célébrait pas les anniversaires : inutile, puisque c'est le cycle normal de la nature que de repasser tous les ans sur la date où l'on est né. *So what ?* Chez eux, c'est l'individu lui-même qui choisit le moment où il souhaite être fêté, en gros chaque fois qu'il considère avoir accompli quelque chose d'important dans sa vie et « être devenu meilleur ». Il en fait l'annonce au groupe et c'est à ce moment-là qu'on lui souffle ses bougies. Enfin sans les bougies[1].

Je n'ai pas organisé de belle fête pour mes 40 ans, j'ai simplement prévenu mon petit monde que j'avais fait quelque chose d'important, que j'avais passé un cap. J'avais pris la parole en public et parlé d'un sujet épineux, celui d'être en retard sur sa vie. Devant deux cents inconnus. Et contre toute (mon) attente, ils m'avaient écoutée.

Les autres

Quand on fait un grand pas pour soi, même s'il est microscopique pour l'Humanité, on s'attend à du

1. Cette anecdote se trouve dans le livre de Marlo Morgan, *Message des hommes vrais au monde mutant*, J'ai lu, 2004.

changement. On nous a quand même vanté le pouvoir de l'engagement. Attribué à Goethe, mais rédigé par W. H. Murray, dans *The Scottish Himalayan Expedition* :

« Tant qu'on ne s'est pas engagé, persistent l'hésitation, la possibilité de se retirer, et toujours aussi, dès qu'il s'agit d'initiative ou de création, une certaine inefficacité. Il y a une vérité élémentaire dont l'ignorance a déjà miné nombre de grandes idées et de plans merveilleux : c'est que dès l'instant où l'on s'engage, la Providence intervient, elle aussi. Il se produit toutes sortes de choses qui autrement ne se seraient pas produites. Toute une série d'événements jaillissent de la décision, comme pour l'appuyer par toutes sortes d'incidents imprévus, de rencontres et de secours matériel, dont on n'aurait jamais rêvé qu'ils puissent survenir. »

Sur le coup, ma conférence n'a rien changé à ma vie. *Nada*. J'aurais voulu vous annoncer le contraire, que ça m'avait guéri à jamais de mes frustrations et de mes errances, *tac*, comme ça. Ben non. À un point tel que ça m'a étonnée. Adrien, l'organisateur, m'avait pourtant prévenue : « Tu verras, il se passera des choses après. » Le calme après la tempête.

Mais elle a eu de l'effet sur d'autres, je le sais. Elle a délié des langues et fait sortir quelques late bloomers de l'ombre. Des inconnus sont venus à moi, en vrai ou par mail après l'événement, pour me dire qu'ils s'étaient reconnus, retrouvés dans cette expression qu'ils ne connaissaient pas. Et pour me raconter leurs histoires de late bloomers. Plus que jamais en lisant ou en écoutant leurs confidences, j'ai mesuré à quel point il est difficile de parler, mais aussi de taire tout ça. Maya Angelou a écrit : *« There is no greater agony than bearing an untold story inside you. »* Il n'y a pas de plus grande agonie que de porter une histoire jamais racontée en soi. Au cœur des témoignages, je reconnaissais cet intense désir que j'avais si bien connu, celui de faire la paix avec sa vie et son identité.

Renaissance

Tandis que je reprenais ma routine de nonne, plusieurs de mes amies les plus chères sont tombées enceintes, dont une ou deux dans des circonstances plutôt miraculeuses. Parmi elles, Adélaïde, ma douce amie toute neuve. Nous sommes parties en vacances en Toscane, ma sœur Caroline, Adélaïde, sa grossesse et moi. On s'est plongées en pleine Renaissance et retrouvées à Sienne, sur les terres de « ma » sainte, sainte Catherine. Fallait pas manquer d'humour.

Les ventres s'arrondissaient. Il faut dire que j'avais vécu plusieurs rounds de bébés, mais celui-ci était différent. Peut-être parce qu'à 40 ans, je me disais que j'étais tranquille, les bébés étaient tous nés. Peut-être parce que c'est à ce moment-là que la question a commencé à me titiller. Vous avez remarqué comme j'en ai peu parlé. J'ai vraiment essayé de coller à la réalité. Mais là, ça m'a fait de l'effet. Pour me changer les idées, je me suis plongée dans un Louise Penny, un auteur canadien que je dévorais.

The Cruellest Month. Et j'ai découvert au milieu du bouquin que le titre provenait d'un poème de T. S. Eliot qui décrit avril (mon mois de naissance). Le mois le plus cruel pour les fleurs qui ne fleurissent pas. *Damned*, ça me poursuivait !

De toute façon, il ne risquait pas de se passer grand-chose puisque la vie m'offrait des rencontres de plus en plus étranges. L'année de mes 40 ans, j'ai fait la connaissance de deux hommes, l'un de dix-sept ans mon aîné, l'autre de dix-sept ans mon cadet. Comme si ces messieurs, non contents de me céder leur belle énergie pour un temps, m'encadraient, m'entouraient. La question du temps semblait virevolter autour de moi. Il devait y avoir un sens caché, mais rien à faire, je ne trouvais pas. Mais que faisait la vie ? Elle avait clairement d'autres priorités. Le 13 novembre arriva et déclencha quasiment l'accouchement d'Adélaïde et la naissance de sa petite Joséphine.

Shine bright like a diamond

C'est bientôt la fin, la tranche qui reste est maigrichonne. Je vais l'annoncer comme ça, de but en blanc, comme un morceau de scotch que l'on arrache : je ne vais pas sortir de mon chapeau une recette miracle pour guérir à jamais les late bloomers de leurs frustrations. Leurs questions et leurs réponses relèvent de l'intimité, et libre à chacun de faire sa propre tambouille à partir de ce que j'ai partagé. C'est intime et pourtant, on le sait, ce sont souvent les événements extérieurs à nous qui musclent nos audaces. La vie est longue, mais elle est courte aussi. L'histoire de chacun dira si les événements de cette année l'ont poussé à bouger et à sortir du placard créatif.

Ce que je vais sortir de mon chapeau, c'est encore mieux : un bon vieux miracle. On a dit qu'on avait le droit maintenant. Le genre de Marianne Williamson, un changement de perspective. Une autorisation à montrer son vrai visage, à briller. Elle a écrit ce texte dans son livre *Un retour à l'amour*, et Nelson Mandela l'a repris intégralement en 1994 lors de son discours d'intronisation. La classe. Un discours de paix avec nos identités.

« Notre peur la plus profonde n'est pas que nous ne soyons pas à la hauteur, notre peur la plus profonde est que nous sommes puissants au-delà de toutes limites. C'est notre propre lumière et non notre obscurité qui nous effraie le plus. Nous nous posons la question... Qui suis-je, moi, pour être brillant, radieux, talentueux et merveilleux ? En fait, qui êtes-vous pour ne pas l'être ? [...] Vous restreindre, vivre petit, ne rend pas service au monde. Il n'y a rien de brillant à se diminuer pour éviter d'insécuriser les autres. Nous sommes tous appelés à briller, comme les enfants le font. [...] Et, au fur et à mesure que nous laissons briller notre propre lumière, nous donnons inconsciemment aux autres la permission de faire de même. En nous libérant de notre propre peur, notre puissance libère automatiquement les autres. »

Les mois ont passé et la Providence a fini par s'en mêler. Comment j'avais pu imaginer une seconde qu'elle se présenterait rapidement, avec un sujet comme celui-là ? Elle a pris son temps, forcément. De petits événements se sont enchaînés et les anges se sont présentés. D'abord mon bon génie, ma sœur Caroline, a frotté sa lampe. La première, elle s'est faufilée dans mon placard créatif, elle a lu le manuscrit et elle nous a fièrement reconnus : « Catherine, tu as écrit un livre ! » J'ai pu compter sur le soutien inconditionnel de mon « comité de direction », un cercle d'amies proches et inépuisables, qui se réunit dès que l'une ou l'autre a un dossier important à traiter. J'ai également été invitée à intégrer un groupe de free-lances créatives comme moi, Paris Mastermind, dont les membres sont devenus mon comité éditorial.

Et enfin, un jour, alors que j'étais prisonnière d'une réunion sans pause ni fenêtre depuis des heures, j'ai reçu un mail de Fany, de My Little Paris, avec laquelle je n'avais plus échangé depuis quatre ou cinq ans.

Hello Catherine, mon amie Aurélie avec qui tu t'es connectée sur Facebook m'a transféré ton talk sur les late bloomers que je viens de regarder. Je voulais te féliciter, au-delà de la qualité de ton speech, je pense que tu tiens un vrai thème hyper puissant et beaucoup plus universel qu'il n'en a l'air. Je suppose que tu travailles sur un livre ou d'autres projets pour tirer le fil de ce thème. Tiens-nous au courant et compte sur nous pour relayer tout ce que tu feras sur My Little Paris ! Je t'embrasse. Fany

Quelque temps après, c'est elle aussi, la magicienne, qui m'a mise en contact avec un agent littéraire qui, dès son premier message, m'a confié qu'il connaissait bien le sujet.

C'est un vrai sujet c'est certain ! J'ai eu souvent cette conversation avec Dieu quand j'étais organiste, seul dans une cathédrale à répéter portes fermées, et il m'a fallu un peu plus de vingt ans pour avoir ma réponse ;-)

À bientôt j'espère, Léonard.

Dans le premier jet de mon livre au crayon à papier, j'avais terminé mon histoire ainsi. Alors dans la vraie vie aussi. L'aventure ne fait toujours que commencer.

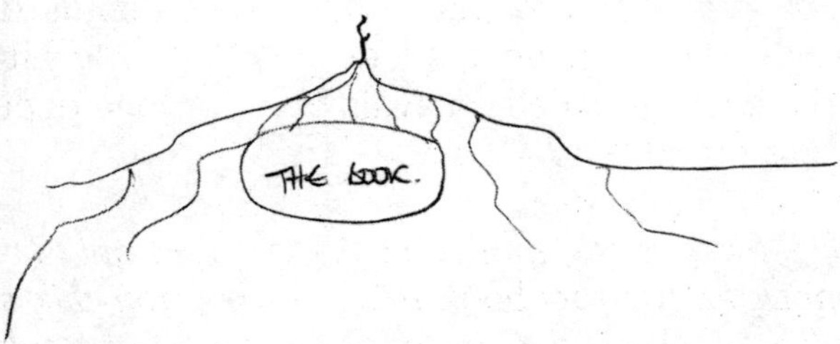

My Way
Frank Sinatra

I've lived a life that's full
I've travelled each and every highway
And more, much more than this,
I did it my way

Oublier le temps

(Il est relatif de toute façon)

Après mûre réflexion, j'ai décidé d'emprunter la fin d'un autre livre pour clore le mien. *Autant en emporte le vent.* Saviez-vous que la dernière réplique de Rhett Butler fut l'objet d'un vif débat quand ils tournèrent le film ? Les producteurs craignaient que ça ne soit trop triste. Souvenez-vous, Rhett par un petit matin glauque et brumeux quitte Scarlett qui lui dit, éplorée : « Mais que vais-je devenir ? » Et lui de répondre : *« Frankly, my dear, I don't give a damn. »* Franchement, ma chère, c'est le cadet de mes soucis. Pas cool, mais mérité. Après s'être effondrée en larmes sur son immense escalier rouge de maison hantée, Scarlett se relève : *« After all, tomorrow is another day. »* Après tout, demain est un autre jour. Pour le coup, je trouve cette fin pleine de panache. En matière d'espoir, on n'a pas trouvé mieux que Scarlett O'Hara.

Ma marraine, Thérèse, la couturière et jardinière de talent qui a fait éclore des milliers de fleurs dans sa vie, sur des tissus et dans des jardins, me dit toujours ces mots : « Un jour à la fois. »

Cette histoire, la nôtre, est un conte de fées. La preuve, vous avez ce livre entre vos mains. Un cycle entier s'est clôturé et d'autres vont commencer.

Ça, c'est pour le livre. Quant au reste, j'ai fini par croiser un homme providentiel, juste une ou deux heures, dans un hamac. Pierre, un fermier qui tient tous les vendredis après-midi une « Permanence pour un monde meilleur » tout en haut de la rue de Rennes, à Paris. Son hamac, une GoPro, un panneau. Il parle aux curieux. On a discuté de choses et d'autres, puis j'ai évoqué mon projet de livre. Il m'a appris qu'il y a deux sortes de carottes, les carottes précoces et les carottes tardives. Je suis donc une carotte tardive et j'ai enfin trouvé la traduction de late bloomer.

Est-ce pour cette raison que je suis une late bloomer ? Est-ce que j'avais besoin de ce temps et de ce long chemin pour me trouver ? Si j'avais eu une famille, une carrière, aurais-je cherché et trouvé qui je suis ? Me serais-je fait ce cadeau ? À l'inverse, si on m'avait dit très tôt « tu es une carotte tardive », aurais-je pris la peine de me poser la moindre question ? Serais-je arrivée au même point, mais par une voie différente ? Qui sait.

Je n'ai clairement pas trouvé de réponse à toutes les questions sur ma propre vie. Peut-être parce que je les aime, les questions, je les aime vraiment. Mon cerveau d'œufs brouillés a quand même trouvé la paix. Il sait enfin ce qu'il veut. Continuer à grandir et à créer. Plus tout seul mais avec un autre. Avec d'autres. Ici et peut-être à New York aussi. Qui sait.

L'une des fleurs de Thérèse

Morceau caché
Morceau qui surgit de nulle part,
à la fin d'un album, après un long silence.

Nouveau monde

Numérologie : *Année personnelle 1*
Nouvelle énergie, commencement, concrétisation, semer des graines à long terme, se débrouiller seul

Énergie

Elle est enfin là cette année. L'année 1. Le début d'un cycle tout neuf. Mon énergie a changé, c'est certain, elle est plus dense, plus posée, plus profonde. Une belle et forte énergie, comme celle de ma maman. Depuis toujours, j'ai remarqué que, quand elle entre dans une pièce, quand elle parle ou quand elle rit, on sent la pièce se charger, comme vibrer. Pareil la nuit ou au tout petit matin, quand il m'arrive d'être en sa compagnie, il y a toujours comme un halo lumineux qui flotte là où elle est. Je me souviens que Lydie, la numérologue, m'avait décrit ce prochain cycle de ma vie comme un tsunami, pour m'inviter à prêter attention à cette énergie, à la diriger dans le bon sens, à ne pas me laisser submerger.

Le nouveau monde. Inconnu, déstabilisant mais ajusté à ce qu'on est devenu. Taillé à notre mesure. Et pour le trouver, lâcher prise et suivre le courant.

Il faudrait vérifier avec Georges, le thérapeute chouette, mais je suis certaine qu'il y a des choses qu'on peut prendre dans sa valise, quand on embarque vers le nouveau monde. Moi, c'est décidé, je laisse derrière le cerveau d'œufs brouillés, ainsi que la solitude et la quête effrénée. En revanche, j'emporte le créneau, l'emballage des cadeaux et, bien sûr, l'écoute.

Écoute

J'ai fait récemment une retraite avec une femme solaire aux yeux dorés, Holly. Elle se décrit comme une *Optimal Being Advocate* – un ambassadeur de bien-être. Ça en dit déjà long. L'un des tout premiers exercices qu'elle a proposés au groupe s'appelle l'écoute active. Holly nous attribue un partenaire et nous invite, chacun, à parler de nous. Sans discuter, sans échanger, sans questionner. Celui qui parle, parle. Celui qui écoute reste silencieux. On ne lui demande pas de juger, de se prononcer, d'aider, d'avoir les réponses ni de conseiller. On attend uniquement qu'il offre son attention, sa présence. Pleinement. Ce n'est pas évident, quel que soit le rôle que l'on prend, il faut désapprendre complètement.

Cet exercice m'a donné une autre idée, pour l'intérêt général. Je pense qu'elle peut faire tout éclore et sans plus tarder : les gens, les idées et la paix. Il s'agit de se poser quelque part, où l'on veut, dans un lieu public, une école ou un musée. Il faut juste deux chaises, une table et un panneau « Je vous écoute ». Avec une petite fiche d'instructions pour pratiquer l'écoute active. On demanderait à des écouteurs professionnels de nous la préparer. Et là, n'importe qui peut s'asseoir pour parler ou pour écouter. Pendant un temps déterminé. On verra bien quels miracles ça peut générer.

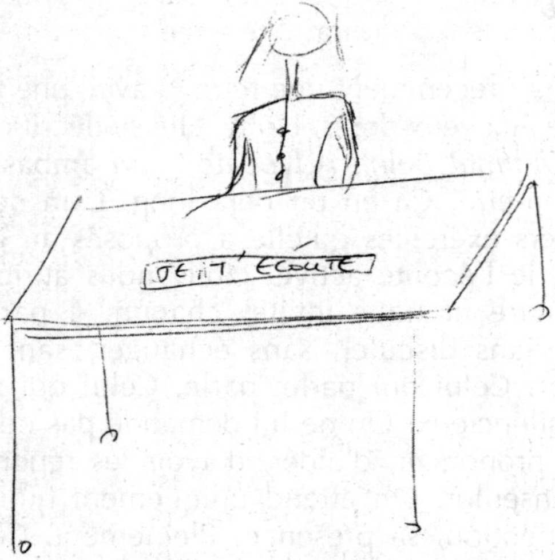

L'inventeur

J'ai pris du poids. Trois kilos je crois. J'ai les joues bien roses, de jolies formes et un tout petit bourrelet. Mon visage s'est arrondi aussi il paraît. Autour de moi il y a des bébés. Tout ronds eux aussi. Certains sont des late bloomers, ils papotent sans parler, ils remuent sans encore bouger. Mais ils y arriveront. On y arrivera tous.

Un vendredi de juillet, je suis allée sans conviction à une fête à la campagne, j'avais froid, il a fait froid cette année. Et là, au milieu des champs, j'ai rencontré un homme très grand, de onze ans mon cadet, qui invente des jouets. En rentrant à Paris, un pigeon avait pondu deux œufs dans mon persil, sur le balcon. Selon Zohra, une amie marocaine, c'est un signe de la chance, un présage divin. Quelques jours plus tard, je parle à ma psy, Catherine, de ma rencontre avec l'Inventeur, et là, elle tique. Elle ne m'a pas dit que je perdais mon temps. Au contraire. Tandis que je lui contais l'univers rare et poétique de cet homme, elle m'a demandé si je lui avais parlé du livre que j'écrivais. J'ai répondu : « Non, comment ça pourrait l'intéresser ? » C'est là qu'elle a tiqué.

En pure late bloomer, je suis un escargot qui transporte un monde. Le mien est tout doux, sans portes qui claquent, il est fait de connexions et d'alchimies, de logique et poétique. Rilke a écrit : « Aimer, c'est devenir un monde, un monde en soi pour quelqu'un d'autre. » Je sais bien que je ne vais pas m'en tirer aussi facilement – mon nouveau monde, il va me falloir l'ouvrir, le partager, si je veux rencontrer l'autre, si je veux l'aimer. Pour reprendre l'expression de Florence, la tarologue, c'est probablement ça, au fond, que je suis venue travailler. Il y a encore un peu de boulot. Mais qui sait.

Ce 1er janvier, je l'ai passé, tout simple, tout près, en bas de la rue, chez mes amis Lionel, Nelly et leur tout-petit, Basile. *Maison, amour, naissance*.

BOB HOPE
The Hollywood Chamber of Commerce
honors
BOB HOPE
Hollywood's Citizen of the Century

CENTRAL CASTING

Cher directeur du Central Casting,

Je vous prie de bien vouloir trouver, en la présente, toute ma gratitude pour m'avoir mis dans les pattes, lors de cette décennie et des précédentes, les personnes suivantes (liste non exhaustive et dans l'ordre d'apparition) :

Fany, Rosine, le Petit Poucet, mes camarades d'école, petites et grandes, les Unileveriens, Anne, l'Amoureux, Claire, les Poireaux, mention spéciale à Xavier, Quentin et Romain, les Aumontois, les Senlisiens, Constance, les fées, les acteurs de *Fame*, Jessica, Marianne B, Swâmi Prajnânpad, la collègue de ma gardienne, Sheika, la femme sans lèvres, Élodie, Hâo, Guillaume, Don Draper, le chauffeur de taxi de Marrakech, Céline, Arnaud, Mathieu, Robert McKee, Marine, Nino et sa marraine Clara, la dame sur le banc, Aimée, Sandrine, Lydie, Catherine AP, les jolies rencontres de boulot, Hugo, Philippe, Troy, Véronique, Michel, Fabrice, Ariane, mes brebis qui ne sont plus égarées, Marianne, Aubert, tous les chouettes gens avec qui je travaille dans l'événementiel, Myriam la magi-esthéticienne, les bons et mauvais garçons, le Volcan, Florence, Nicole, Sophie, le Lion, la tribu de New York, le P-DG, mes comparses de My Little Paris, Amandine, Céline, Tina, Florent, Armelle, Alan, Raphaëlle, Ratatouille, Laurence, mon ange gardien, Juliette, Edgar, Georges, Pierrick, Yves, Catherine B, Charlotte, Valérie, les Russes, Paul et Bertille, l'alien gluant, les flous, l'artiste, Marianne A, le jeune ouvrier, Adélaïde, Joséphine, Patrice, Jean-Gabriel, Charlie, le bel Américain, Simon le poète, my friends in America, Jérémie, le vidéoclub de la Butte, l'agent à Londres, Maia, Stéphanie, Lorelei, Jane-Flore, Mathilde, Cécile, Gaëlle, Isa, Yann, Jacques, Joseph, le comité de direction et ses membres d'honneur, Paris Mastermind, Aurélie, Léonard, Pierre-Xavier, Holly, l'Inventeur, Lionel, Nelly et Basile.

Ma gratitude sans borne à ceux qui se sont retroussé les manches pour faire exister ce livre : Léonard qui l'a fait accoucher, Emmanuelle qui l'a ciselé, Guillaume et Susanna qui l'ont fait s'envoler. À Claire pour la douce bulle. Et aux late bloomers qui m'ont écrit sans me connaître et qui, sans le savoir, m'ont donné le signe qui me manquait.

J'aimerais, pour finir, vous donner un feed-back particulier sur les personnes ci-après : Toni, Michel, Caroline, Nicolas, Thérèse, Jeanne, Paul, John, Joan, Fred, Aunt Jean et Roland. Attention, je vais citer Céline Dion. *« I'm grateful for each day you gave me. My world is a better place because of you.* »

Continuez à m'en envoyer.

Bien à vous,

Catherine

RESSOURCES

Lire

- *Faire de son mieux,* Gilbert Garcin
- *Mindset,* Carol Dweck
- *Outliers,* Malcolm Gladwell
- *Psychanalyse des contes de fées,* Bruno Bettelheim
- *Story,* le livre et les master class de Robert McKee *http://mckeestory.com*
- *Lettres à un jeune poète,* Rainer Maria Rilke
- *L'Éléphant enchaîné,* un conte de Jorge Bucay
- *The Secret,* Rhonda Byrne
- *L'Alchimiste,* Paulo Coelho
- *L'Élément : quand trouver sa voie peut tout changer !,* sir Kenneth Robinson
- *Strengths Finder 2.0,* de Tom Rath et l'évaluation en ligne sur *http://strengths.gallup.com.*
- *Métagénéalogie : la famille, un trésor et un piège,* Alexandro Jodorowsky et Marianne Costa
- *La Voix de l'intuition,* Catherine Balance
- *Un retour à l'amour,* Marianne Williamson
- *Daring Greatly,* le livre de Brené Brown, et aussi sa conférence Ted (ci-après)

• *Cessez d'être gentils, soyez vrais,* Thomas d'Ansembourg

• *The Artist's Way,* Julia Cameron

• *L'Approche narrative,* pistes narratives pour faire face au sentiment d'échec personnel et professionnel, ouvrage collectif auquel a participé Jessica Fargeaudou

• *Comment apprivoiser son crocodile,* et les autres ouvrages de Catherine Aimelet-Périssol

• *Les 5 blessures qui empêchent d'être soi,* Lise Bourbeau

• *La Voie du tarot,* Alexandro Jodorowsky

Suivre

• *www.brainpickings.org,* un blog qui se définit comme *« an inventory of the meaningful mind »*, si fantastique qu'il a été inclus en 2012 dans les archives digitales permanentes de la bibliothèque du Congrès américain

• *www.humansofnewyork.com,* magnifique blog de Brandon Stanton

• *www.sethgodin.com,* le blog de Seth Godin

• *www.oneminuteproject.com* et *www.mylittleparis.com,* deux sites auxquels je contribue de temps en temps

Voir

• Le discours de Steve Jobs à Stanford en juin 2005, YouTube

• Les conférences TED. Je vous conseille notamment (sur le site *www.ted.com*) :

— celle de Ken Robinson qui nous explique en quoi l'école tue la créativité

— celle de Brené Brown qui explore le pouvoir de la vulnérabilité

— celle d'Elizabeth Gilbert qui parle du génie

• *Ces liens invisibles*, film écrit et réalisé par Marine Billet (et son beau projet de documentaire, *I Love Therefore I Am*)

• *Portraits in Creativity : Maira Kalman*, par Gael Towey (sur *www.youtube.com*)

• Et ma conférence sur les late bloomers, sur YouTube, dans le cadre des conférences Regards croisés, où je fus accompagnée par deux super coachs en prise de parole, Emma et Adrien Joly

Faire

• Le Myers Briggs Type Indicator (MBTI) – il paraît qu'il est systématique dans les universités américaines. En France, on passe par un bilan de compétences ou un coach professionnel certifié. Pour comprendre les types de personnalités, un bouquin ancien mais passionnant, *Please understand me*, écrit par David Keirsey et Marilyn Bates.

• Les ateliers, les retraites, le travail de recherche ou d'accompagnement de Jessica Fargeaudou (*www.cedalion.com*), Anne Rocher (*www.annerocher.com*), Catherine Aimelet-Périssol (*www.logique-emotionnelle.com*), Holly Niemala (*www.hollyniemala.com*), Catherine Balance (*www.catherinebalance.com*) et Véronique Le Coz (*www.coachingdevie-vlecoz.fr*).

• L'atelier « Être Soi » était co-organisé par Laurent Bouffiès et Juliette Compagnion. Juliette travaille désormais sur l'ouverture des organisations aux grands sujets de l'Humanité (*www.genesis.education*).

Consulter

Je ne vais pas indiquer les coordonnées de mes psys, pas sûr que ce soit dans le protocole. Juste dire que le choix de la bonne personne peut prendre du temps. À mon sens, il faut le prendre, et se faire confiance. *Merci à Marianne B pour son écoute et son rire. Merci à Catherine AP pour son humour et ses petites histoires.*

Quant aux astrologues et tarologues, certes c'est la curiosité de connaître mon avenir qui m'y a guidée, mais je me suis rapidement concentrée plutôt sur la perspective différente que ces échanges m'apportaient. C'est important de se faire conseiller par quelqu'un et d'y aller avec simplement l'idée que c'est une autre façon de travailler sur soi. *Je remercie Rosine Bramly et Florence Basille de leur immense bienveillance.*

Enfin, la numérologie, qui m'a apporté ce que je cherche souvent, un éclairage différent. Et aussi une idée créative pour animer mon récit. Je ne suis aucunement une experte, j'ai pu rédiger le petit texte introductif à chaque chapitre en picorant au gré de mes lectures variées sur le sujet. *Je remercie Lydie Castells de ses précieux conseils.*

S'inspirer

Pour finir, je continuerai à suivre avec curiosité le travail des âmes créatives qui ont croisé ma route : Haô Ting, Élodie Rambaud, Maia Flore,

Pierrick Guidou, Stéphanie Araud-Laporte, Caroline Taret, Hugo de Saint-Quentin (*Hooka Hey*), Troy Henriksen, Fany Péchiodat, Amandine Péchiodat, Céline Orjubin et Anne-Flore Chapellier (*My Little Paris, One Minute Project*), Alexandre Chapellier (*Cinabre, Cinon*), Clotilde Dusolier (*Chocolate and Zucchini*), Anne Ditmeyer (*Prêt à Voyager*), Judith de Graaff (*Urban Jungle Bloggers*), Jane Bertch (*La Cuisine Paris*), Cécile Poignant, Charles Delaporte et Arnaud Vial (*Caravane Palace*), Mambo Joel, Jérémie Bouillon, Antoine Delaporte, Florent Drillon, Grégoire Boissenot, Thierry Richard (*Les Grands Ducs*), Aymeric Mantoux, Mathieu Araud, Joomi Lim, Xavier Ricolfi (*Xr*), Thomas Baas et Jean-Simon Roch.

...

Voilà, c'est ainsi que s'achève ce travail. Dans mon élan, j'en ai profité pour libérer d'autres projets de mon placard créatif. Les Pensées recyclées, les Deuxièmes Prénoms, l'Écoute, Grandma's Book et d'autres, que je mène seule ou avec des amis. Ils vont désormais vivre leur vie à découvert, dans leur espace et leur temps bien à eux, en liberté inconditionnelle.

...

...

Hope it helps ;-)

TABLE DES MATIÈRES

Le temps 11
Comment devient-on late bloomer ? 15
Liste non exhaustive des raisons
pour lesquelles on peut se retrouver
dans la vie à s'épanouir plus tard 17
Moi 21

L'aventure intérieure 31
Le Petit Poucet 32
Faire sa vie 33
Défaire sa vie 35
Le premier jour 36
La décision et la déception 38
L'Amoureux 39
L'appartement 41

Cerveau d'œufs brouillés 45
Œuf brouillés 46
L'écoute 47
L'aide 49
Private investigations 50
La gazelle 53

Les mains dans la glaise 57
Horoscopie 58
Une vie de Rodin 60
La poésie de la vie 63
Liberté 67
It's oh so quiet 70

La ferme, vieille peau 75
Pfffffffff 77
Peaufiner 78
Encroûtée 79
Mon vrai visage 82
The Secret 84
La semaine de l'oubli 85

Défricher sa nature 89
Nature profonde 90
Créa 91
Une nouvelle façon de penser 93
Les aventures 94
Usual suspects 97
Le problème avec les opportunités 97
Pensées recyclées 99
Grandma 104

Le Volcan, le Lion et le P-DG 109
La magie 110
Son truc 113
Le Lion 116
Le P-DG 117
Âmes 118
So long Marianne 120

Milieu 125
Note embarrassée de l'auteur 127

Il est temps 129
Dluo 130
Tempo 131
Saisons 134
Racines 136
The voice 140
Mouvement 142

Le maître-nageur 147
L'abondance 149
Les relations 154
Le grand bain 155
La condition masculine 157
Le club de natation 160

Révélation végétale 165
Le miracle 166
Les faits 167
Terre promise 170
Aux anges 171
Le cœur du sujet 172
Le sens 173
La création 175
Le doute 177

Les murs invisibles 183
Le chemin de la croissance 184
Barbara 185
Même pas en rêve 186
Bottes de sept lieues 190
Pollock 191
Any other way 193
Le break 194

Son vrai visage 199
Le jugement 200
Le placard créatif 201
La pierre à l'édifice 204
Les autres 205
Renaissance 207
Shine bright like a diamond 208
Providence 210

Oublier le temps 215

Nouveau monde 231
Énergie 232
Écoute 233
L'inventeur 234

Central Casting 237

Ressources 241

12160

Composition
NORD COMPO

Achevé d'imprimer en Espagne
par CPI *(Barcelone)*
le 27 novembre 2018.

Dépôt légal : mai 2018.
EAN 9782290158920
OTP L21EPBN000462B002

ÉDITIONS J'AI LU
87, quai Panhard-et-Levassor, 75013 Paris

Diffusion France et étranger : Flammarion